미에우 나루터

Bến Đò Xóm Miễu
by Nguyễn Ngọc Tư

Original copyright ⓒ 2005 by Nguyễn Ngọc Tư
Cà Mau, Việt Nam

Korean translation copyright ⓒ 2017 by Asia Publishers
This Korean edition is published by arrangement with Nguyễn Ngọc Tư

Bến Đò Xóm Miễu

미에우
나루터

응웬 옥 뜨 소설 | 하재홍 옮김

아시아

10년 동안 흐른 물

『끝없는 벌판』이 한국어로 번역 출간된 지 10년이나 지났습니다. 10년이라는 세월은 인생에서 상당히 긴 세월입니다. 옛사랑의 달콤한 목소리나 싱그러운 미소를 까맣게 잊을 수 있는 세월이고, 자기 자신이 어떤 모습으로 살았는지조차 까마득해질 수 있는 세월입니다. 때문에 『끝없는 벌판』 이외의 작품들도 한국 독자들이 만나보고 싶다는 소식에 가슴 속 깊은 곳에서 진한 감동이 일었습니다. 10년이라는 시간이 흘렀는데 이 책이 잊히지 않았다니요.

10년을 이어온 사랑은 참으로 귀하고 큰 사랑이라 생각합니다.

저는 『끝없는 벌판』을 쓰던 당시, 삶에 대해, 특히 이름 없고 힘 없는 사람들의 삶에 관심이 많았습니다. 저는 그들을 사랑했고, 온 마음을 다해 그들의 속 깊은 이야기를 들었습니다. 그런 다음, 마음속에서 절로 샘솟는 열망에 따라 글을 썼습니다. 내면묘사보다는 그들이 어떻게 힘겨운 삶의 파도를 헤쳐 나가는지 구구절절 풀어내는 데 집중했습니다. 특별히 의도하지 않았고 별다른 보충설명도 하지 않았는데, 독자들은 저의 작품을 보자마자 메콩강 이야기라 불렀습니다. 책을 읽을 때 저절로 메콩강물이 자신들의 가슴속으로 흘러들어오는 것 같다고 했습니다.

이 소설집에 함께한 작품들 역시 『끝없는 벌판』 전후에 썼던 것들입니다. 주체할 수 없는 본능에 따라 글쓰기를 왕성하게 하던 시기의 작품들입니다. 지금 다시 읽어보면, 힘없는 사람들과 그들의 삶을 제가 얼마나 해맑게 바라보았는지 돌아보게 됩니다.

한국 독자들과 다시 더 깊은 인연을 나눌 수 있게 해준 아시아 출판사와 하재홍 번역가에게 감사드립니다.

2017년 10월 메콩강에서
응웬 옥 뜨

물의 나라, 메콩강

아홉 갈래의 메콩강을 품고 있는 베트남 남부 13개 성은 찻길보다 물길의 수가 더 많습니다. 그야말로 물의 제국입니다. 거미줄처럼 천지사방으로 퍼진 샛강은 농토의 젖줄이 되어 1년 3모작의 풍성한 열매를 맺어줍니다.

이곳 주민들의 새벽은 강물에 뛰어드는 것으로 시작됩니다. 강물 속에서 목욕과 용변을 동시에 해결합니다. 아침을 먹고 아이들은 배를 타고 학교에 가고, 어른들은 배를 띄워 고기 그물을 걷습니다. 주민들 대부분이 농어업을 겸하고 있기에 오랜 옛날부터 가족 단위의 자급자족이 완벽하게 가능했습니다.

지금은 자급자족을 훨씬 능가해, 베트남 국토의 10%에 불과한 메콩강 일대에서 생산해내는 농산물이 베트남 전체 농산물 생산량의 50%에 이릅니다. 그렇지만 중부와 북부보다 천혜의 조건을 갖춘 남부 메콩강 일대는 자연의 풍요가 오히려 끝없는 가난을 만들고 있습니다. 지독한 아이러니입니다. 땅속 2~3m만 파 들어가도 물이 샘솟아, 건물을 올리려면 공사비가 많이 듭니다. 도시가 형성되기 어렵고 물류 이동이 쉽지 않아 공단도 거의 조성되지 않습니다. 이들이 고향에서 할 수 있는 것은 오로지 농어업입니다. 가난과 더불어 소박하게 살려면 메콩강 풍경의 일부가 돼 태평을 누릴 수 있지만, 가난이 지겨워지는 어느 한순간엔 메콩강을 매정하게 등질 수밖에 없습니다.

한국인과 결혼한 여성이 '한 달 14일' 만에 남편에게 두들겨 맞아 '갈빗대 열여덟 개'가 부러진 채 죽고, 맞선 현장에서 예비신부 20여 명의 옷이 발가벗겨졌다는 흉흉한 뉴스가 돌아도, 메콩강 처녀들의 한국·대만인과의 결혼 행렬은 조금도 줄어들 기미가 없습니다. 이들이 메콩강에서 배운 삶의 법칙은 굽이치는 세월의 강에 그저 몸을 맡겨보는 것입니다. 도중에 어느 샛강으로 접어들고 어디에 당도하게 될지 알 수 없지만, 그래도 나루터에 마냥 앉아 있는 것보다 우선 지나는 배를 잡아타는 게 나아보이기 때문입니다.

콩 싸이 콩 베(Không say không về).

메콩강 사람들이 건배할 때 자주 하는 건배사입니다. 이 건배사는 다른 지방에도 퍼져 호치민, 다낭, 하노이의 술자리에서도 들을 수 있지만, 이 건배사를 처음 쓰기 시작한 사람들은 메콩강 사람들로 알려져 있습니다. 같은 제목의 노래도 있습니다. 무슨 뜻일까요? '술에 취하지 않았으면 집에 가지 마라.'입니다. 메콩강 사람들은 손님이 집에 오면 완전히 고주망태가 되어 바닥을 엉금엉금 길 때까지 술을 먹이는 게 최고의 대접이라고 생각합니다. 예로부터 이 지역은 먹을 것이 풍부했기에, 쌀이나 고구마, 감자 등으로 술을 빚어 먹었습니다. 오늘날까지도 베트남 전 지역을 통틀어서 이곳 사람들이 술을 가장 많이 마십니다. 이들은 손님을 위해 술과 더불어 집 안에 있는 모든 먹을 것을 다 내어줍니다. 그래서, 메콩강 사람들과 술을 마실 때면 술보다 먼저 그 마음씨에 취하게 됩니다.

한국에 시집오는 여성들 대부분이 순진무구하기 짝이 없습니다. "왜 한국 남자와 결혼하려고 하세요?"라고 물으니, "한국 드라마를 보니까, 남편들이 아내에게 다정다감하고 가정에 대한 책임감도 강하더라구요."라고 합니다. 한국에 대해 어떤 게 궁금한지 물으니, "한국 사람은 백혈병에 잘 걸리는지, 식당에서 싸울 때 컵에 든 물을 여성이 항상 남성의 얼굴에 뿌리는지, 여성들은 모두 성형수술을 하는지" 천진난만한 눈망울로 물어왔습니다.

한국의 지하철, 버스 터미널, 대형마트, 시장, 식당, 주택가 어디에서나 마주칠 수 있는 이 여성들, 저는 이 여성들에게 안녕하신지 묻지 못합니다. 더 이상 베트남에서 보았던 천진난만한 눈망울이 아니기 때문입니다.

베트남 사람을 친구로 둔 독자들은 부디 그 친구에게 '콩 싸이 콩 베' 건배 한번 해보시기를 바랍니다. 특히 남편분들은 아내와 술상을 마주하고 '콩 싸이 콩 베' 해주시기를 바랍니다. 술보다 먼저 낭군님의 마음에 취할 수 있도록……

2017년 10월
하재홍

일러두기

1. 베트남 인명과 지명은 베트남어 발음에 최대한 가깝게 표기하였다.
2. 본문 각주는 원문에는 없던 것으로 모두 역자 주이다.

차례

끝없는 벌판

1.

　드넓은 벌판 사이로 자그마한 샛강이 눈에 들어왔다. 이쯤이면 배를 세워도 될 듯싶었다. 배를 세우자 사나운 가뭄이, 사방에서 끌어다 모은 땡볕을 한꺼번에 벌판에 쏟아 부었다. 논바닥에 말라 죽어 있는 어린 벼들은 마치 떨어지기 직전인 향불의 재처럼 손만 대면 바스러질 듯했다. 아버지가 대나무 차단틀을 거룻배 아래로 내리자 깜짝 놀란 오리들이 정신없이 서로를 밀쳐대며 허옇게 막을 이룬 물때 속으로 분주하게 머리를 처박았다. 물때가 굶주린 오리들의 깃털에 끈적끈적 달라붙었다. 디엔이 물속으로 뛰어들어 말뚝 몇 개를 꽂고 그 바깥쪽으로 그물을 치면서 오리 떼를 가두었다. 디엔의 어깨에도 허연 물때가 끈끈하게 달라붙었다. 나는 화덕을 들고 강가로 올라가 장작불을 피웠다.

불길은 밥솥 아래에서 타닥타닥 소리를 내며 매캐한 냄새를 뿜어 올렸다. 여자는 여전히 거룻배에 누워 있었다. 일어나 앉을 기력조차 기나긴 신음 속에 이내 사그라졌다. 그녀의 입술은 더욱 푸르뎅뎅하게 부어올라 있었다. 내가 덮어준 옷 바깥으로 삐져나온 손과 발, 그리고 찢긴 옷 사이로 드러난 몸은 마을 여자들에게 짓이겨진 상처에 온통 보랏빛 멍투성이였다.

머리카락은 피범벅으로 엉켜 있었다. 탈곡장 앞에 잠시 멈춰서기 직전까지 마을 여자들은 그녀를 길가 여기저기로 끌고 다녔다. 그녀를 잡아채서 던지고, 흩뿌려진 쌀겨더미 위에 사정없이 처박았다. 그녀는 엉망진창으로 얻어터지면서도 그저 여자들이 어서 지치기만 잠자코 바랄 뿐이었다. 그녀를 둘러싸고 있는 여자들은 질투심에 눈이 뒤집혀 있었다. 여자들은 가쁜 숨을 몰아쉬면서도 그녀가 아직 정신이 깨어 있다는 사실을 상기하며, 이미 너덜너덜해진 몸에 계속해서 발길질을 해댔다. 논바닥이 다 타버린 흉작의 계절을 어떻게든 잊기 위하여, 곤궁기의 배고픔을 그렇게라도 잊기 위하여, 여자들은 그녀를 만만한 시빗거리 삼아 화풀이를 해대고 있었다. 무슨 새로운 건수가 생기지 않는 한 여자들은 눈앞의 재밋거리를 오래도록 즐길 것이었다. 여자들은 그녀의 머리칼을 잡아채 마른 풀을 한 움큼씩 베어내듯이 날카로운 칼로 사정없이 잘라냈다. 머리칼 끄트머리가 완전히 잘리면서 순간적으로 여유가 생겼을 때, 그녀는 틈을 놓치지 않고 벌떡 일어나 쏜살같이 우리 거룻배로 뛰어들었다. 갑작스런 비명처럼 그녀는 순식간에 내 앞을 뒹굴어 넘고 아버지가 앉은 곳까지 내달았다. 아버지가 정리하던 쌀겨 자루들이 와르르 무너졌다.

여자들은 자신들의 먹잇감이 순식간에 사라져버린 그 사태에 한동안 얼이 빠져 있었다. 반면에 나는 룩 번 띠엔[1]과 같은 의협심을 잠깐 만끽할 수 있었다. 낡은 거룻배가 강가를 어서 빨리 벗어날 수 있도록 나는 있는 힘을 다했다. 두려움과 기쁨이 뒤섞인 마음으로 나는 몸을 버둥거리면서 강 한가운데로 나아가려고 거의 목숨을 걸다시피 했다. 그 와중에도 나는 강가의 여자들한테서 눈길을 떼지 않았다. 여자들은 미친 듯이 날뛰다가 뒤늦게 강가로 뛰어들었다. 디엔이 잡고 있는 코렐-4 발동기가 냄새 고약한 시커먼 연기를 토해냈다. 발동기 소리에 묻혀 따가운 저주의 소리도 잦아들고, 갑판 아래서 꽥꽥거리는 오리 떼 소리도 잦아들었다. 뒤쪽으로 흩날리는 연기는, 그녀의 머리칼을 쥐고 있던 그 어떤 손아귀와 절망의 눈빛을 쏘아대는 가련한 여자들을 흐물흐물 지워버렸다……

아버지는 그 탈출 작전에서 아무런 역할도 하지 않았다. 아버지

---

1 19세기말, 문장가 응웬 딘 지에우의 서사시 《룩 번 띠엔 전(傳)》의 주인공. 룩 번 띠엔은 과거 시험을 보기 위해 산을 내려와 집에 들르는 길에, 도적떼에 잡혀 있는 끼우 응웻 응아와 낌 리엔을 구한다. 결국 그로 인하여 룩 번 띠엔은 과거를 보러가지 못한다. 장원급제감으로 추앙 받던 인물로서, 의를 중시하는 성정을 지녀 불의를 보고 그냥 지나치는 법이 없었다. 몇 해 뒤 장원급제를 하고 나라에도 큰 공을 세운다.

는 내내 조용히 앉아 있다가 배가 강가에서 꽤 멀리 벗어났을 때 뱃머리로 가서 노를 잡았다. 나는 거룻배 안을 엉금엉금 기어가서 누더기가 된 옷을 걸친 그녀의 가슴과 피에 범벅이 된 허벅지를 다른 옷으로 가려주었다. 그녀는 입을 실룩대며 겨우 웃음을 지어보이면서 눈짓과 표정으로 고마움을 표시했다.

배가 한참을 이동하는 중에도, 그녀는 마치 죽은 사람처럼 누운 자세조차 전혀 고쳐 잡지 못했다. 그저 황량한 침묵 속에 고요히 잠겨 있을 뿐이었다. 흐느끼며 잠든 여자에게서 길고 짧은 신음 소리만이 간헐적으로 흘러나왔다. 목메는 딸꾹질 소리도 간간이 섞여 있었다…….

빔 빕 강 끝에 거의 다다라 이 황량한 벌판으로 올 때까지, 아직 여자가 살아 있다는 것을 느낄 수 있는 건 오직 신음 소리뿐이었다. 디엔은 적잖이 걱정스러워했다. 여자가 배고플 거라며 녀석은 내게 어서 밥을 지으라고 닦달했다. 거룻배에는 소금에 절여 말린, 냄새 지독한 물고기 몇 마리밖에 없었는데 녀석은 그걸 무척이나 안타까워했다. "나도 입에 넣고 삼키기가 정말 고역인데, 말해서 뭘 하겠어."

하지만 그날 오후와 그 다음 날 내내 여자는 아무것도 먹지 않았다. 물조차 거절했다. 입술이 갈라터지기 시작해서야 비로소 물 몇 모금을 청했다. 그마저도 입술을 적시는 정도였다. 그녀는 허기와 갈증보다도 훨씬 맹렬한 육신의 고통에 여전히 몸서리를 치고 있었다. 여자들이 그녀의 음부에 철 테이프를 친친 동여매 놓았던 것이다…….

나는 밥을 먹으면서 아버지와 디엔에게 이 사실을 말해주었다. 밥그릇을 헤집던 대젓가락 소리가 멎고 두 사람은 침묵에 빠져들었다. 디엔은 나를 바라보았고, 나는 아버지의 눈에 일렁이는 소름과 공포를 보았다. 디엔은 밥을 물에 말아 급하게 먹은 다음 강변 길을 따라 마을로 들어갔다. 나는 녀석에게 가게에 들러 각설탕 1킬로그램 반을 사오라고 일렀다.

분명 바람결이 내 말을 어딘가로 날려 보낸 모양이다. 돌아온 디엔 녀석의 손에는 아무것도 들려 있지 않았다. 녀석은 내 눈앞에 손바닥을 가만이 펼쳐보였다. 끈적거리는 무언가가 한 꺼풀 들러붙어 투명하게 번쩍거렸다. 끈끈하게 말라붙어 손가락을 돌덩이처럼 딱딱하게 경직시킨 모양이었다. 디엔이 말했다. "철 테잎……." 이 접착테이프를 생산하는 사람들은 저런 엄청난 효능이 있다는 사실을 전혀 고려하지 않는 듯했다. 우리 남매는 테이프 자국을 세심하게 벗겨냈다. 손은 피부가 벗겨져서 마치 화상을 입은 듯 붉어졌고 피까지 배어나왔다. 디엔과 나는 동시에 거룻배 쪽을 바라보았다. 가없는 신음 소리만이 바람결에 실려 왔다…….

2.

벌판에는 이름이 없다. 하지만 나와 디엔에게는 이름 없는 곳이 없다. 우리는 우리가 머물렀던 모든 벌판들을 추억과 함께 떠올리며 이름을 지어 불렀다. 우리 남매가 나무를 심었던 곳, 디엔이 뱀에 물렸던 곳, 내가 처음으로 생리를 했던 곳……. 그리고 앞으로 다른 곳에 흘러들어가게 되면, 우리는 이 벌판을 이 여자의 이름으로 기억하게 될 것이다. 이곳을 떠올리면 분명 가슴이 욱신욱신 아려올 것이다.

셋째 날 새벽, 여자는 비로소 일어나 앉을 수 있었다. 주위를 둘러보던 여자가 우리에게 물었다. "어머나 세상에, 여기가 어디야. 얘들아, 도대체 여기가 어디기에 인기척 하나 없는 거야?" 양쪽 강가, 허허벌판엔 목화나무 몇 그루가 쓸쓸히 서 있을 뿐, 마을은 짙푸른 야자수 숲 뒤쪽으로 한참이나 멀리 떨어져 있었다. 우리는 머리카락이 이슬에 흠뻑 젖은 채로 오리 모이를 반죽하고 있었다. 우리는 기절할 만큼 소스라치게 놀라 여자를 돌아보았다. 여자의 목소리는 상처의 흔적이라고는 전혀 찾아볼 수 없을 만큼 맑고 달콤하게 들렸다.

여자가 물었다. "얘들아, 어디에서 씻어야 되지?" 나는 강물 속을 손으로 가리켰다. 여자는 허연 물때를 바라보더니 이내 낙심한 표정을 지었다. 디엔이 말했다. 저쪽에 연못이 하나 있어요.

그곳은 오래된 폭탄 구덩이로 사방에 수풀이 자라고, 라우 무옹[2]이 물 표면을 얼키설키 뒤덮고 있으며, 붉고 가느다란 식물 줄기들이 서로 몸체를 휘감고 있는 곳이었다. 그 웅덩이에서 어제 디엔은 제법 살집이 있는 탓 랏[3] 몇 마리를 잡았다. 여자는 물속에 아주 오랫동안 몸을 담그고 있었다. 씻으려는 것보다는 상처 부위의 아픔을 누그러뜨리기 위해 냉수 찜질을 하고 있었다. 여자가 연못가에 올라서자, 여자의 양 허벅지 사이에서 흘러내리는 작은 물방울들과 그 속에 어린 탁한 핏빛이 보였다. 분명 그 끔찍스러운 테이프 자리에 어떻게든 손을 댄 모양이었다. 여자는 연못으로 갈 때와 마찬가지로 나올 때도 짧게 내딛는 걸음마다 절뚝거렸고 몸을 휘청거리며 아주 천천히 발걸음을 옮겼다. 나는 여자를 부축해 강가로 돌아왔다. 여자는 허연 물때가 잔뜩 들러붙은 셔츠에 바짝 쪼그라든 반바지를 입고 있었는데, 디엔이 그 차림새를 아주 재미있어했다.

아버지는 그저 아무 말 없이 오두막 주위에 자란 풀들을 쳐내고 있었다. 아버지는 우리 남매가 한 일에 대해 아무런 관심도 보이지 않았다. 아버지의 무덤덤한 태도에도 아랑곳없이 여자는 아버지

---

2 메꽃과에 속한 잎채소로 베트남 사람들이 즐겨먹는 식재료 중 하나다. 주로 마늘과 함께 살짝 데쳐서 먹는데, 요리의 이름은 라우 무옹 싸오 또이(Rau muống xào tỏi)다. 식당 메뉴에서도 흔히 볼 수 있다. '라우 무옹'을 한국어 '공심채'로 번역이 가능하나, 독자들 대부분에게 낯선 단어인 건 마찬가지라서 원어 발음을 그대로 따랐다.

3 칼고기과(Notopteridae)에 속하는 민물고기로, 베트남 중부와 남부에 많이 서식한다. 뼈가 적고 육질이 쫄깃해서 어묵재료로 많이 쓰인다. 번식력이 뛰어나 양식장에서도 많이 기른다.

의 등에서 튕겨 오르는 이른 아침의 눈부신 햇살을 바라보면서 마치 거나하게 취한 여자처럼 "아빠가 굉장히 잘생겼네……."하고 말을 던졌다.

그래서일까? 그래서 아버지는 여자를 이 인적 없는 허허벌판에 우리와 함께 머물도록 허락한 것일까? 상처는 아주 빠르게 아물었다. 아무렇지 않게 웃을 수 있을 만큼, 여자의 몸은 끝없는 구타에 이미 익숙해 있었다. 나는 무슨 일로 그렇게 두들겨 맞았는지 물었다. "몸을 팔았어." 웃음을 지어 보이며 여자는 대답했다. 그리고는 너무 경솔하게 말을 꺼낸 게 염려가 되는 듯 디엔의 머리를 쓰다듬었다. "너희들은 아마 잘 모를 거야……."

디엔이 나를 바라보며 웃었다. 우리는 그런 부류의 여자들을 아주 많이 보아왔다. 그 여자들은 추수철이 되면 무리를 지어 제방에 모여들었다. 그러고는 날품팔이 일꾼들과 벼를 지키는 농부들, 오리 치는 사내들이 사는 천막 주변을 배회했다. 여자들은 어리고 상냥하게 보이기 위해 갖은 애를 썼지만, 얼굴과 목덜미의 피부는 이미 축 처져 있었다. 자세히 들여다보면 눈물겨울 정도였다. 밤이 되면 그들은 각자의 볏짚더미 뒤에서 깔깔 웃음을 풀어놓고, 애무의 숨결 소리를 하늘로 올려 보냈다. 낡은 오두막에서 자식들에게 새 밥을 지어주느라 애쓰고 있는 아내들의 가슴을 여자들은 그런 식으로 옥죄었다. 아버지의 술심부름을 가는 그 어떤 밤길이든 우리는 항상 그렇게 엉겨 있는 쌍쌍들 앞을 지나가야만 했다. 우리는 금방 그들을 알아볼 수 있었다. 몸에 천 조각 하나 걸치지 않은 채로도 그들은 아무렇지 않다는 듯 킥킥거렸고, 여자들은 촌뜨기 계집아이들처럼 아무런 수치심도 없이 아양을 떨어댔다. 다음 날 아침이면 여자들은 사내들이 전날 고생스럽게 번 몇 푼 안 되는 일당을 모조리 챙겨서 갈지자걸음으로 사라져버렸다.

그 여자 또한 그들과 같은 부류였다. 여자는 몸이 시들면서 도시에서 배를 곯게 되자 시골로 내려가 구멍가게를 열고 자질구레한 사탕과 과자를 팔았다. 하지만 실제로는 '본업'을 이어가기 위한 위장에 불과했다. 시골에는 진실하고 순진한 사내들이 널려 있었다. 여자는 뭇 사내들이 밤마다 찔러주는 돈으로 살아갔다. 사내들이 쌀이나 말린 아지, 혹은 잘 익은 바나나 다발 따위를 팔아서 만든 돈이었다. 뜻하지 않은 큰 수입을 얻기도 했는데, 한 사내를 이틀 밤낮이나 침대로 꾀어내 120만 동[4]을 받은 적도 있다. 그 돈은 가난의 고통을 줄여주고 배고픔을 없애주었다. 가게로 돌아온 여자의 주머니에는 80만 동이 남아 있었다. 여자는 그 사내의 번민을 충분히 알고 있었다. 자신이 돌보지 않은 처자식들이 삶은 감자뿐인 냄비 주위로 모여들 때, 사내는 땅거미 속에 서서 원망을 쏟아낼 것이라는 것도 잘 알았다.

— 남의 피와 땀, 눈물을 먹고 사는데 그렇게 두들겨 맞는 것도

---

4 작품이 쓰인 2005년 기준, 원화로 환산하면 약 7만 원 정도 된다. 베트남 농가의 월 평균 소득은 100만 동 수준이었고, 품팔이 하루 일당은 5만 동에서 8만 동 사이였다.

당연하지 않겠니?

여자는 이렇게 말하면서 쓸쓸하게 웃었다. 자신이 그런 대가를 치르는 게 마땅한 업보라 여기는 듯했다. "그런데 정말 운 좋게도, 그런 일 덕분에 너희들을 만나게 됐잖니. 이렇게 너희들과 함께 지내게 된 게 난 얼마나 기쁜지 몰라⋯⋯."

아버지는 기뻐하지 않았다. 입이 하나 더 늘었기 때문이다. 오리들 역시 기뻐하지 않았다. 녀석들은 여자가 울타리를 지나갈 때마다 주둥이로 발등을 쪼았다. "아주머니, 여기서 우리 모이까지 빼앗아 먹으면서 뭐하시는 거예요? 우리 모이통에는 순전히 신물 나는 쌀겨뿐이란 말예요. 그런데도 아주머니를 돌보기 위해서 우리가 알을 낳아야 하나요?" 여자는 깡충깡충 뛰면서 으악 소리를 내다가 웃음을 지었다(눈동자는 아버지를 향해서 흔들거렸다). "조만간 이 교활한 오리 녀석들도 나를 좋아하게 될 거야. 그동안은⋯⋯."

하지만 디엔과 나는 여자가 결국에는 지쳐서 이곳을 떠나리라는 걸 잘 알고 있었다. 그래서 여자가 우리 곁에 머무는 시간은 언제나 희미하게 보일 뿐이었다. 벌판에 오리를 풀어놓고 이삭을 먹이다가 디엔은 여자가 떠나버렸으리라는 지레짐작에 깜짝 놀라 몇 번이나 집으로 뛰어가곤 했다.

— 너희들이 날 정말로 좋아하는구나? 에구, 불쌍해라⋯⋯.

디엔 녀석의 뺨에 흐르는 눈물에 여자는 적잖이 놀라워했다(녀석이 아홉 살 때부터 생눈물이 흐르는 병에 걸렸다는 사실을 알지

못했다). 두들겨 맞아 너덜너덜한 상처뿐인 삶 속에서, 희한하게
도 우리 남매가 애정을 보여주고 살갑게 대해주는 것에 그녀는 아
주 커다란 감동을 받았다. 괴이할 정도로 뜨거운 가뭄 속에서, 그
녀가 떠나지 않고 우리와 함께 지내는 것 역시 우리에게도 감동이
기는 마찬가지였다.

　건기[5]가 예년보다 너무 일찍 찾아왔다. 땡볕 내리쬐는 날이 그만
큼 더 늘어난 것이다. 며칠 전 우리는 널따란 강가의 한 자그마한
마을에 배를 댔다. 욕이 절로 터져 나올 만큼 이 마을에는 마실 물
이 거의 없었다(마치 우리가 기나긴 땅 위를 걸으면서도 편히 머물
땅 한 뼘 없는 것처럼). 주민들 모두가 극심한 가려움증에 시달렸
다. 아이들은 피가 나올 때까지 온몸을 긁어댔다. 주민들은 나룻배
를 몰고 가서 마실 물을 사왔다. 먼 길을 가서 비싸게 사오는 물이
어서 배를 몰 때는 물이 흘러넘치지 않도록 숨을 멈추고 조심스레
노를 저었다. 날품을 팔고 돌아온 오후에 사람들은 물때가 가득 끼
고 시큼한 냄새가 진동하는 썩은 연못에 뛰어들어 정확히 두 양동
이의 물을 몸에다 쏟아 붓는 것으로 목욕을 끝냈다. 쌀 씻고 난 물
은 야채를 씻기 위해 남겨 두었고, 야채 씻고 난 물은 생선을 씻기
위해 모아 두었다. 세 살배기 아이들도 물 귀한 걸 알아 오줌이 마
려우면 뜰로 열심히 뛰어나가서 고추나 파 화분에 오줌을 누었다

5　베트남 남부의 계절은 건기와 우기로 나뉜다. 건기는 11월부터 4월, 우기는 5월부터 10월
까지다.

(뿌리에 해를 입혀서 이파리들이 말라비틀어졌다). 마을의 한 사내가 내게 말했다. "우리 엄마 돌아가시기 전에 말이지. 단 한 번만이라도 엄마가 집에서 목욕을 충분히 할 수 있게 된다면 원이 없을 텐데." 그런 말을 하는 그 사내가 너무도 안쓰럽게 느껴질 뿐이었다. 내가 떠나오던 날, 사내는 길가에 서서 머뭇거리며 아주 작은 소리로 애매하게 물었다. "네가 우리 엄마하고…… 함께 지내고 싶어 할지 모르겠어." 나는 고개를 가로저었다. 오빠 어머니의 몫인, 얼마 되지도 않는 두 양동이 물을 제가 어떻게 나눠 쓸 수 있겠어요?

나는 아버지에게 이 말라비틀어진 마을을 어서 벗어나자고 재촉했다. 우리가 지나는 벌판들마다 벼는 싹을 틔우자마자 말라죽었다. 사람들은 물이 모자라 콩이나 오이를 심을 수가 없었다. 생기 하나 없이 말라붙은 샛강에서 아이들은 흙장난을 치며 놀았다.

우리가 천막을 치고 오리를 거두는 강물 역시 거뭇거뭇하고 누르스름한 빛이 감돌았다. 하지만 우리는 더 이상 갈 만한 곳이 없었다. 빔 빕 강 저 건너편부터는 커다란 카주풋 나무[6] 숲을 보호하는 완충지대라 접근이 안 되는 곳이었다. 이 가뭄에 다들 강줄기의 물이란 물은 모조리 끌어다 쓰는 형편이었는데, 샛강 물은 화재를 대비할 요량에 숲으로 퍼 날라서 근방 어디에서나 물 사정이 좋지

6 도금양과(Myrtaceae)에 속하는 상록수로 메콩강변에 많이 분포되어 있다. 목재의 색깔은 희고, 나무껍질은 얇게 잘 벗겨진다. 살균효과가 있어서 호흡기 감염 예방제, 장염과 방광염 치료제, 치과용 가글액 및 근육통 완화제, 비누와 화장품 등의 원료로 널리 쓰인다.

않았다. 그렇다고 빔 빕 강 상류로 거슬러 올라갈 수도 없었다. 상류로 가자면 끼엔 하 지역을 거쳐 가야 하는데, 그곳에서 동물 검역을 아주 혹독하게 하고 있었기 때문이다. 평야지대 전역으로 조류독감이 폭발적으로 번지고 있었다.

오리 떼를 생매장(이는 다음 철을 연명할 돈줄이 뚝 끊어지는 것과 똑같은 의미다) 하지 않으려면, 이곳에서 오리를 치는 수밖에 없었다. 오리들도 아주 고단한 시절로 내몰렸다. 나는 날마다 오리 떼를 물 한 방울 스미지 않은 메마른 벌판으로 몰고 가서, 말라 비틀어진 이삭들을 먹였다. 녀석들은 아주 느릿느릿 움직였고 결코 멀리 걷지를 못했다. 드물게 알을 낳곤 했는데, 녀석들이 낳은 알들은 모양이 아주 길고 기벼웠으며 껍실이 두껍고 거칠었다. 이미 다 늙어빠진 오리들에게 무엇을 더 요구한단 말인가. 계절을 세 번 지나는 동안 녀석들은 힘겹고 고생스럽게 알을 낳았다. 그런데다가 날이 갈수록 모이통에서 쌀 한 톨 찾아보기 어려운 지경이 되었으니 더 이상 어떤 희망을 품어볼 수 있겠는가. 심지어 녀석들이 몸을 담그고 있는 물조차도 허연 물때가 끼어 쉰내가 진동했다.

그렇건만, 우기가 올 날은 한참이나 멀리 있었다.

날이면 날마다 디엔은 그물 치는 일이라든가 생선 간을 보는 일, 마른 도랑을 파는 일 따위를 그 여자와 함께 하려고 했다. 먹지 않고 남긴 생선을 여자가 마을로 가져가서 팔았다. 여자는 옷가지 몇 별을 사고 남은 돈 얼마를 아주 의기양양한 표정으로 아버지에게 건넸다. 그러면서 아주 자극적인 눈빛을 아버지에게 띄웠다.
"오라버니 뒤꽁무니를 쫓아다니는 길은 왜 이리 긴지 모르겠어
요……."

여자는 자세를 흐트러뜨렸다. 아버지에게 몸을 맡길 수 있는 모
든 방법을 찾았다. 어느 날 여자는 디엔 녀석에게 나하고 둘이서
거룻배에서 자라고 일렀다. 그런 다음 곧바로 오두막으로 올라갔
다. 가느다란 조각달이 하늘가에 희미하게 아른거리는 어슴푸레
한 밤이었다. 디엔은 엎치락뒤치락 계속해서 몸을 뒤척였다. 녀석
은 잠이 잘 오지 않는다며 내게 아무 노래나 불러달라고 졸라댔다.
그래놓고도 녀석은 여전히 뜬눈으로 밤을 지새웠다. 내 노랫소리
가 강가 작은 오두막에서 흘러나오는, 열에 들떠 헐떡거리는 신음
소리를 제압할 수는 없었다. 거룻배가 지독하게 흔들린다고, 난데
없이 배에서 잠을 자게 되었다고 디엔 녀석은 불평을 한가득 쏟아
냈다. 나는 알고 있었다, 지독하게 흔들리고 있는 것은 바로 녀석
의 마음이라는 것을.

디엔은 혼란스러운 나날을 보내고 있었다. 녀석은 종종 내게 묻
고는 했다. "사람들은 보통 엄마한테 어떻게 사랑을 표현하지?"
머리핀이나 싱싱한 야자, 또는 탓 랏 따위를 손에 쥐게 되었을 때
면 녀석의 얼굴은 티 없이 환해졌다……. 녀석은 그런 것들을 모
두 여자에게 갖다 주었다. 그런 행동은 아이들이 흔히 엄마를 대하
는 모습과 별다르지 않았다. 녀석의 머릿속에는 손에 닿지 않는 그

리움, 그 여자 곁에 누워 몸을 비벼보고 싶은 열망 또한 오롯이 자리하고 있었다……. 그런 그리움과 열망 역시 흔히 자식들이 엄마에게 갖는 것과 같은 지극히 평범하고 자연스러운 감정이었다. 하지만 디엔의 눈빛에 또 다른 빛깔로 꿈틀대는 의구심이 좀처럼 사그라지지 않았다. 녀석은 그 어려움을 홀로 이겨낼 셈으로 제 혼자 해답을 찾아 헤맬 뿐이었다. 가령 오늘 같은 밤, 어떤 것이 우리의 가슴을 따끔따끔 쑤시게 하는지, 무엇이 우리를 분개하게 하고 마음마저 무겁게 하는지, 스스로 깨우칠 도리밖에 없는 것처럼.

아침에 일어났을 때, 디엔은 피로에 가득 절어 있었다. 녀석은 두 손을 허벅지 사이에 낀 채 웅크린 자세로 누워 있었다. 얼굴엔 서리가 한 겹 덮인 듯 슬픔이 가득했다. 오두막에서 걸어 나온 여자는 한껏 편안한 기지개를 켰다. 눈매는 더할 수 없는 만족감에 넘쳐서 반짝반짝 빛이 났다. 태양의 한쪽 문을 방금 열어젖힌 듯 여자의 얼굴엔 햇살이 가득 흘러 넘쳤다. 그녀의 눈앞에 새로운 인생길이 길게 펼쳐지고 있었다. 여자는 웃으면서 말했다.

— 간밤엔 안개가 너무 많이 끼었더라고. 안개가 얼굴에 자꾸 들러붙어서 말이야, 간지러워 죽는 줄 알았다니까.

여자는 밥을 지었다. 소매를 걷어붙이고 열심히 불을 지폈다. 생선 비늘이 가득 들러붙은 머리카락이 제멋대로 흔들렸다. 검소한 주부 같은 모습이었다. 나는 눈물이 절로 흘러나왔다. 하지만 아버지는 싱거운 웃음을 한 모금 흘리고 있을 뿐이었다. 그런 웃음에 나는 눈물이 다시금 솟구쳤다.

식구들이 모두 모인 식사 시간, 아버지는 여자에게 몇 푼의 돈을 건넸다. "어젯밤에 대한 계산이야……." 아버지는 아무 일도 없었다는 듯 엉덩이의 먼지를 툭툭 털고 일어섰다. 아버지의 눈에는 경멸감과 더불어 배부른 승리감이 한가득 어려 있었다. 여자는 브래지어 속으로 돈을 찔러 넣으며 웃었다. "세상에, 너희 아빠는 굉장히 부자구나."

디엔과 나는 여자에게 낚시를 같이 가자고 권했다(우리는 여자가 슬퍼하고 있을 거라 생각했다. 매춘의 대가로 돈을 받는 게 뭐 그리 슬픈 일이란 말인가, 그렇게 여긴다면 오히려 우리의 생각이 꽤나 우스꽝스러운 것일 테지만). 한나절 내내 고기를 한 마리도 못 잡고 앉아 있던 여자가 불쑥 한 마디 던졌다. "진짜 웃기는군. 이 귀하신 고기님들도 나를 비웃고 계시네?" 한탄할 대상도 없이 그저 남 이야기하듯 뱉는 모호한 말투였다. 디엔은 조용히 등목어[7]를 잡아서 도랑으로 헤엄쳐 들어갔다. 그러고는 깊이 잠수하여 여자의 낚싯바늘에 고기를 꿰어주었다. 그 등목어의 머리가 물위로 떠오르고 나서야, 우리는 비로소 그 여자가 웃는 걸 볼 수 있었다.

그날 낮에 우리는 물가에서 한참 동안 물장구를 치며 놀았다. 여

---

7 등목어과에 속하는 민물고기로 동남아시아 지역에 분포되어 있다. 늪과 수로에 주로 산다. 갯벌 위를 기어 다니기도 한다.

자는 내 코에 달라붙은 진흙이 마치 마름[8]의 파르스름한 잔털 같다며 웃음을 터뜨렸다. 이상스레 갑자기 여자는 사랑에 겨운 표정을 짓기도 했다. 마치 아이를 달래듯, 그리고 멍청하게 선 열일곱 살 내 동생을 달래듯, 아주 고요하고 어색한 시간을 흘려보냈다. 물결이 요동쳤다. 나는 여자가 지금 물속에서 무언가 아주 대담한 일을 벌이고 있다는 사실을 알 수 있었다. 아주 커다란 무언가를 잠시 깜빡하고 있었다는 걸 어느 순간 깨달은 여자는 깜짝 놀라서 소리쳤다.

— 아이고 애야, 왜 이래?

여자의 물음은 언제나 답하기 힘겨운 물음들이었다. 어떤 대답을 하건, 듣는 그 여자 역시 가슴이 질로 아파지는 이야기들이었다. 예컨대 그 여자가 "너희 엄마는 어디에 있니?" "너희 집은 어디에 있니?"라고 물은 적이 있다. 디엔 녀석은 화를 벌컥 내며 대답했다.

"그걸 알면 죽지!"

3.

오후 무렵이면 우리 거룻배는 강나루 아래에서 빨래하는 아주

---

8   마름과에 속하는 수생식물로 주로 연못에서 자란다. 공기 주머니가 있는 세모꼴의 잎을 틔워 물 위에 뜬다. 해독작용이 있어, 설사나 위궤양 치료에도 사용된다.

머니들 앞을 지나쳐가곤 했다. 나는 종종 마음속으로 되묻곤 했다. 혹시 방금 우리 엄마 앞을 지나간 건 아닐까. 나는 엄마의 모습을 머릿속에 간직하기 위해 애를 썼다. 하지만 날이 갈수록 그 모습이 점점 흐려져서 나는 절망에 빠져 들었다. 나중에 만나게 되더라도 서로 알아볼 수 없을 것 같아 너무도 슬펐다.

엄마는 종종 프라이팬을 집 앞 강가로 들고 나가서 검댕을 닦았다. 엄마는 옷감을 실은 거룻배를 맞이할 채비를 항상 갖추고 있었다. 뜰에서 잘 익은 바나나를 내다 팔기도 하고, 싱싱한 겨자 잎을 몇 장 사기도 했다. 오후가 되면 점점 더 많은 상인들이 몰려와서는 우리 집 앞 강가 아름드리나무들에다가 거룻배를 매었다. 어떤 사내가 엄마에게 농을 걸었다. 아, 여기서 절대 더는 못 가겠네요. 아가씨 웃는 모습이 이 강을 온통 반짝반짝 빛나게 해서 말이죠. 엄마가 눈을 길게 흘겼다.

— 허풍은…….

사내가 헤헤거리며 맹세하는 시늉을 했다. "내 말이 거짓말이라면, 아가씨가 차로 날 들이받아서 죽여도 좋아요." (그 소리를 듣고, 디엔이 중얼거렸다. "미친 놈, 차를 어디에서 찾고 있는 거야. 뻥을 치기는…….") 그리고 적개심이 가득한 표정으로, 검정 사마귀가 빽빽하게 돋아난 사내의 벌거벗은 등과 내 얼굴을 번갈아 쳐다보면서 말을 이었다. "저놈 엄마가 저놈 낳을 때 말이야, 꼬이는 파리 떼를 막는 걸 까먹었나봐. 그러니까 저렇게 파리 떼가 어지럽게 들끓고 있는 게지.")

그 사내한테 사마귀 점이 무수히 많았을지라도, 그리고 키도 크지 않고 머리숱도 적었을지라도……, 그의 거룻배에는 옷감이 넘쳐나고 있었기에 내 고향의 남루한 아낙네들은 여전히 그 사내에게 헛된 미련과 비루한 열망을 품었다. 아낙네들은 거룻배에 발을 딛는 순간 모두 어린 아이가 되었다. 그들은 소란을 피우고 열광했다. 애가 타들어갈 만큼 갈구했고, 결국은 애석함과 비탄에 젖은 채 주저거리면서 강가로 올랐다. 아낙네들은 자신이 좀 전에 슬쩍 덜어낸 쌀 바구니 속을 곁눈질로 바라보며, 자신의 아까운 세월을 또 한 번 덜어냈구나 생각했다. 놈은 약간의 옷감을 팔면서도 마치 젊음을 잘게 잘라 나눠주는 듯했다. 가난뿐인 일생에, 몸에 병이 났을 때, 집을 고칠 때, 자식들을 결혼시킬 때, 충분치 못한 쌀 바구니는 언제나 아낙네들의 마음을 아프게 했다.

우리 집 쌀 바구니는 지난 설날 이후 이미 바닥을 보이고 있었다. 그 사실이 엄마를 약간 우울하게 만들었다. 눈치 빠른 옷감장수가 수작을 걸었다. "아가씨, 그냥 계속 구경해 보세요. 사지 않아도 괜찮아요. ― 엄마가 유난히 빛을 발하는 옷감 하나를 몸에 걸쳐보면서 흥분에 휩싸이자, 사내는 아주 놀랍다는 투로 말을 뱉었다. ― 세상에, 그거 원래 아주 평범한 건데, 아가씨가 몸에 걸치니 굉장히 고귀해 보이는 걸요?" 돌연 엄마의 마음속엔 조바심이 일었다.

— 허풍은……

그렇게 이상한 빨간 색을 나는 본 적이 없었다. 마당의 목부용 (木芙蓉) 꽃보다도 붉고 핏빛보다도 더 빨간 빛깔이었다. 엄마는 우리를 쳐다보면서 물었다. "뭐가 어때서 너희들은 그렇게 빤히 쳐다보고 그래?" 내가 말했다. "엄마가 너무 낯설게 보여요. 알아 볼 수도 없을 것 같아요." 그 말에 엄마는 뛸 듯이 기뻐했다. "정말 로?" 나는 너무도 울고 싶은 심정이었다. 엄마와 자식이 서로 낯설 다는데, 어떻게 저리도 기뻐할 수 있단 말인가?

얼마 후 나는 꿈을 꾸었다. 꿈속에서 엄마는 그 이상하게 붉은 옷감 속에서, 시작도 끝도 없이 발버둥을 치고 있었다. 그 옷감은 점점 더 엄마를 억세게 휘감았고 꽉 조여들어갔다. 마침내 한 마리 작은 나비가 된 엄마는, 태양을 향해 오르락내리락하며 보이지 않 는 곳으로 날아가버렸다. 깜짝 놀라 깨었을 때, 나는 벽과 쌀 바구 니 뒤쪽 틈바구니에 앉아 있었다. 그곳에서 놀다 잠이 들었던 것이 다. 강아지 '팬'이 바깥쪽에서 개구멍을 낼 요량으로 땅을 벅벅 긁 어대고 있었다(엄마는 분명 우리 남매가 바깥으로 놀러갔다고 생 각하고 앞문 뒷문 모두를 잠가놓았던 것이다). 디엔은 웅크리고 앉아서 꿈쩍도 하지 않았다. 녀석의 몸은 땀으로 흠뻑 젖어 있었 다. 우는 것처럼 보이지는 않았다. 하지만 눈물이 뚝뚝 흘러내리고 있었다. 나는 녀석의 머리를 끌어안아 녀석의 눈망울을 내 가슴 속 에 묻어주었다.

열 살배기 아이가 등을 돌리고 앉아 아홉 살배기 동생의 얼굴을 옷으로 가려준 것이다. 하지만 둘 다 이미 분명히 보았다. 우리에게 익숙한 그 대나무 침상에서, 사마귀 점이 등에 울퉁불퉁 돋은 사내 아래서 엄마는 몸을 흐느적거리고 있었다. 둘은 서로를 꽉 부둥켜안았다. 몸부림을 치고 신음 소리를 쏟아냈다.

그것이 그 자그마한 집에서 마지막 인상으로 남은 엄마의 모습이었다. 앞쪽으로는 U자형 탁자 세트가 있었고 대나무 깔개가 있었으며, 침상 가까이에는 작은 쌀 바구니가 있었다. 그리고 키 낮은 부엌이 있었다. 가옥 바깥으로는 밭으로 나가는 길과 강나루로 가는 길이 있었다. 그 길은 지난 우기 내내 아버지가 큰 돌멩이와 토막 낸 야자나무로 열심히 포장을 해두어서 엄마가 발에 진흙을 묻힐 일은 없었다.

몇 년이 흐른 뒤에도 나는 감히 엄마를 그리워할 수 없었다. 엄마를 떠올릴 때면 곧바로 그 마지막 모습이 눈앞에 선명히 펼쳐졌기 때문이다. 그 모습의 뒤를 잇는 것은 엄마가 방금 교환한(돈이나 쌀로 교환한 것이 아닌), 몸 위에 걸친 번뜩이는 옷감이었다. 엄마가 해먹에 누워 자장가를 불러주던 모습이나 빨래하던 모습, 혹은 달무리 아래 고개를 숙이고 열심히 아궁이 불을 지피던 그런 모습들이 떠올라야 마땅하지만 전혀 그렇게 되지 않았다…….

엄마에게는 아름다운 모습이 아주 많았다. 그날 오후의 근심 어린 얼굴조차도 여전히 아름다웠다. 디엔 녀석의 눈에 눈물이 그

치지 않는 것을 보고, 엄마는 깜짝 놀라 물었다. "애야, 눈이 왜 그래?" 나는 말을 돌려 천천히 대답했다. "분명 쟤가 뭔가 안 좋은 걸 본 모양이에요. 점심 때 쌀 바구니 뒤편에서 잠을 잤거든요." 나를 바라보던 엄마의 얼굴은 순간 침묵으로 얼어붙었다. 고뇌에 찬 아름다운 얼굴에 눈빛은 점점 몽롱하게 풀어졌다. 그런 엄마의 모습에 왜 나는 만족감과 희열을 느꼈던가. 도저히 주체할 수 없는 그런 감정이었다.

그리고 바로 그 말 때문에 엄마가 집을 나가게 된 거라고, 나는 항상 생각했다.

나는 헐레벌떡 이웃집을 찾아다니다가 뜨 고모에게 엄마가 보이지 않는다고 말했다. 마을 전체가 들썩거렸다. 제 마누라는 외간 남자를 따라가지 않았노라 좋아하는 아저씨들도 있었고, 마을에서 가장 예쁜 여자가 사라진 것이기에 온종일 곁눈질로 미색을 탐하는 제 서방에 대해 이제는 걱정을 안 해도 되겠다며 기뻐하는 아주머니들도 있었다. 물론 슬퍼하는 이들도 있었다. 옷감을 파는 그 거룻배가 다시는 이 마을로 들어오지 않을 것이기 때문이었다. 모든 이들이 시끄럽게 입씨름을 벌였다. 마을 사람들은 나를 붙들고, 엄마가 집을 나가기 전 뭔가 깊이는 특이한 행동을 했는지 잘 기억해보라고 주문했다. 집을 나간 사실보다 집을 나가기 직전의 행동이 그들의 주요 관심사였다. 사람들은 내 이야기를 들으면서 각자의 경험을 되돌아보고 그럴 줄 알았다는 식의 결론을 내렸다. 마치 어느 집에서 누군가 종적을 감춘 다음 날, '아, 그래서 간밤에 말이야. 그렇게 가슴 미어지는 부엉이 소리가 밤새 들린 거였구나.' 하는 식이었다. 어느 집에 도둑이 든 다음 날, '간밤에 개 짖는 소리가 정말 이상하더라.' '맞아, 맞아. 나도 좀 의심을 하긴 했어.' 하는 것과 마찬가지였다……. 하지만 엄마가 집을 나간 문제는 그다지 기이할 것도 없었다…….

— 그날 오후에 엄마는 밥을 하지 않았어요…….

— 그럼 뭘 했니?

— 엄마는 침대에 누워 긴 한숨만 쉬었어요…….

— 그래? 왜 한숨을 쉰 거지?

나는 내가 아는 모든 셋을 빠짐없이 설명해주었다. 길게 늘어진 한숨소리가 마치 눈물이 방울방울 떨어지듯이 한없이 슬프고 처량하게 들렸어요. 아버지가 거룻배를 끌어다가 나루터에 내려놓을 때면, 엄마는 아버지가 곧 먼 길을 떠나리라 생각하고 한숨부터 길게 쉬었지요. 목욕을 하면서도 자몽 꽃같이 하얀 피부 위로 물줄기가 흘러내릴 때, 엄마는 한숨을 또 길게 쉬었고요. 쭈그리고 앉아 낡은 옷을 꿰매고 있을 때 옷감 실은 거룻배가 나루에 닿으면, 엄마는 텅 빈 얇은 두 주머니를 심란하게 매만지면서 역시 한숨을 길게 쉬었지요. 디엔이 "엄마, 사탕 사게 돈 좀 주세요." 할 때도 한숨을 또 마냥 길게 내쉬었고요.

마을 사람들은 내가 들려주는 말에 실망하지 않았다. 그에 대한 답으로 그들은 시간을 머나먼 과거로 되돌려주었다. 사실은 바로 그 첫날, 그 첫 만남에서부터 두 사람의 인연은 와해될 조짐을 이미 품고 있었다. 엄마는 자이 강가에 홀로 앉아 울고 있었는데, 아버지가 거룻배를 몰고 그 앞을 지나가게 되었다. 아버지는 얼마를 더 지나쳐가다가 측은한 마음이 일어 뱃머리를 돌렸다. 아버지가 물었다. 아가씨, 어디로 가시는지 모르겠지만 제가 강을 건너 드릴까요? 엄마는 눈물 가득한 얼굴로 고개를 들었다. "나도 어디로 가야 할지 몰라요." 그래서 아버지는 그 불쌍한 아가씨를 집에 데려다주겠노라고 배에 태웠고, 엄마는 어디로 갈 것인가 생각하는 동안 문득 아버지를 사랑하게 되었다. 그런 다음 우리 남매를 낳았던 것이다. 분명히, 너무도 분명히 알 수 있지 않은가? 엄마는 단지 인생이라는 긴 강의 한 부분을 아버지를 통해 건넌 것이었고, 그리고 나선 떠나버린 것이다. 누구나 다들 그렇게 생각하고 있다. 그것을 인정하지 않는 아버지만이 때늦은 후회의 눈물을 흘리고 고통스러운 웃음을 토해내고 있다.

이야깃거리가 다 떨어지자 마을 사람들은 집으로 돌아갔다. 한밤중의 노랫소리가 방금 전 사그라진 듯한 아련한 여운 속으로, 마을 사람들은 소곤대면서 어둠 속으로 사라져버렸다. 마을길을 따라 사방에서 개 짖는 소리가 길게 울려 퍼졌다. 나와 디엔은 드러누워서 모기장 천장을 빤히 올려다보았다. 길가 늙은 대나무들을 후려쳐대는 바람 소리가 귓전을 때렸다. 얼마 후 뜨 고모가 와서는 우리 남매를 불렀다. 우리는 고모네 집에서 눈을 붙였다.

다음 날 아침, 고모는 시장에 들렸다가 강나루로 가서 사람들에게 알렸다. "글쎄, 우리 막냇동생 부 말예요, 마누라가 집을 나갔어요. 사내를 따라서 말이야." 거룻배 주인 하나가 흥 칸 길을 따라 내려가 몇몇 장사꾼 아주머니들에게 다시 그 사실을 알렸다. 오후가 되어서야 아버지는 그 전갈을 받을 수 있었다. 아버지는 호이 시장 근처에 있는 어떤 집에서 처마 세우는 작업을 하던 중이었다. 전해 듣기로 아버지는 엄마의 가출 소식에도 처음엔 여전히 웃음을 지어보였다고 한다. 다만 화난 목소리로 "아저씨, 무슨 농담을 그렇게 심하게 하세요?" 그렇게 말을 되받았다고 한다. 믿기 힘든 모양이있나. 마음을 다 바쳐 사랑했고, 힘겨운 생계를 자신이 모두 다 걸머지고 있었기에 그에 대한 당연한 보답이 따르리라고 아버지는 생각하고 있었다. 다 우스꽝스러운 짓거리가 돼버렸구나……. 아버지는 땅바닥에 쓰러져 누운 채로 온몸을 부들부들 떨었다…….

집으로 돌아오는 길이 너무도 혹독하고 길게만 느껴졌다. 그 여정은 아버지의 진을 모두 빼놓았다. 아버지는 집 안에 여전히 엄마의 옷이 걸려 있고 수건과 낡은 쪼리 샌들이 그대로 놓여 있는 것을 보고 씁쓸하게 웃었다. 마치 지금 엄마가 이웃집에 놀러 가 있어서, 디엔 녀석을 시켜 엄마를 모셔오게만 하면 될 것 같은 그런 풍경이었다. 헐레벌떡 뛰어온 엄마는 정신없이 기쁜 표정으로 물을 것이다. "이번에 다녀오신 일로 컬러 텔레비전 살 돈은 충분히 생긴 거죠? 그렇죠, 여보?"

자세히 살펴보니 엄마는 아무 것도 가져간 게 없었다. 그런 세세한 부분이 남은 가족들의 가슴을 더욱더 아리게 했다. 그것은 집을 나간 사람이 아무런 생각이나 고려도 없이, 조금의 주저도 없이, 아주 깨끗하게 몸만 빠져나갔다는 것을 의미했다.

아버지는 엄마의 물건을 모두 가져다 불을 질렀다. 집 안에 시커먼 연기가 어지럽게 휘날렸다. 옷가지와 플라스틱 타는 냄새가 코를 찔렀다. 붉은 옷과 보라색 옷들이 볼품없이 일그러지고 잿빛 방울이 되어 흘러내렸다. 아버지는 불꽃을 바라보았다. 굳은 얼굴에 눈빛은 돌연 붉게 이글거렸다. 아버지는 믿기지 않는 상심에 넋을 놓고 있었다.

디엔과 나는 거룻배를 타고 멀찍이 물러서서, 불길 속에 활활 타고 있는 집을 처연한 가슴으로 바라보았다. 타다닥 타다닥, 판자 타는 소리를 따라 마을 사람들이 와자지껄 모여드는 소리도 들려왔다. 분명 자신의 허벅지를 철썩 내리치는 사람도 있을 것이다. "어제 부 녀석 어두운 얼굴을 보았을 때, 나는 녀석이 집에도 불을 지를 거라 생각했어요. 의심할 여지도 없이 정말 그렇게 해버리고 말았네요, 어르신들."

여자의 물음에 대답하느라 이렇게나 많은 이야기를 풀어놓았다. 결국 그렇게 집과 엄마의 흔적은 재와 티끌이 되어 사라져버렸다.

그래서 추수철이 끝나면 먼 벌판에서 오리를 치던 다른 사람들은 다들 집으로 돌아가지만 우리는 유랑을 계속할 도리밖에 없었다.

오리 떼가 우리를 이 벌판에서 저 벌판으로 이끌어준다. 살아가는 일이 때때로 불분명할 때, 녀석들은 이런 떠돌이 생활의 근거가 되어 주었다. 녀석들은 가급적 우리를 인적이 드문 곳으로 데려다준다. 그곳에서 마주친 몇몇 사람들은 우리 가족의 이상한 점을 발견하고 간혹 질문을 던져왔다. "애들 엄마는 어디에 있어요?" 아버지는 하는 수 없다는 듯 대답했다. "죽었어요!" 그 말에 어떤 이들이 "세상에, 어린 두 녀석이 너무도 불쌍하네."라고 이야기하면, 아버지는 그저 싱거운 웃음만 가볍게 흘릴 뿐이었다.

4.

처음으로 우리 남매가 벌판 한가운데서 길을 잃었다. 오후의 빗줄기는 햇빛을 꺼버렸고, 어두운 밤은 빠르게 돌진해왔다. 비가 천지사방 가득 쏟아져 내렸다. 밭고랑들이 점점 멀어져 희미하게 보였다. 디엔은 당황한 목소리로 우리 천막과 거룻배가 어느 쪽에 있는지 내게 물었다. 우리는 고개를 숙이고 물을 첨벙대며 밭 가장자리로 뛰었다. 절망에 허우적대며 오리 떼를 앞으로 몰면서 뛰었다. 아버지는 대낮에 거룻배로 돌아왔다. 술을 마신 아버지가 지금쯤 잠에 취해 있는 것일 수 있다. 혹은 깨어 있기는 하지만 우리를 찾아 나서지 않는 것일 수도 있다. 한참을 울고 난 뒤에도 아버지의 모습은 보이지 않았고, 날만 점점 어두워질 뿐이었다. 우리는 그저 오리 떼가 가는 길을 따라 헤매는 수밖에 없다고 결정을 내렸다. 어찌 알겠는가……

천만다행으로 오리들은 돌아오는 길을 기억하고 있었다. 뱃머리의 등불이 가물가물 눈에 들어왔을 때 우리는 마치 죽었다가 살아난 것처럼 그렇게 반가울 수 없었다. 디엔은 내 손을 잡고서 미친 듯이 앞을 향해 달려갔다. 벌판에서 물방울이 하얗게 튀어 올랐다.

오리 떼가 한 차례 꽥꽥 울어댔다(그 밤, 오리들이 산란을 참느라 힘겨웠다는 해로운 신호였다). 아버지는 장대나무 옆에 앉아서 우리를 기다리고 있었다.

그 뒤로 우리는 태양, 별, 바람, 나무 따위로 방향을 잡는 법을 스스로 깨우쳤다. 벌판에서 길을 잃었던 때를 생각하면 정말 웃음밖에 안 나온다. 더욱 웃기는 건 디엔 녀석이었다. 녀석은 원래 길을 헤쳐 가는 재주가 뛰어났는데, 어찌된 영문이지 그날은 그것도 대낮에, 길을 또 한 번 잃게 된 것이다. 녀석은 언덕 한가운데 갇혀서 기를 쓰고 헤매 다녔지만 빠져나올 길을 찾지 못했다. 그때 과자 바구니를 든 어떤 여자가 나타나 녀석에게 과자를 권했다. 배가 너무도 고팠던 디엔 녀석은 게걸스럽게 그 과자를 열 개 가까이 먹어치웠다. 으으으 하는 신음소리를 듣고 내가 녀석을 찾아냈을 때, 녀석의 배는 무언가로 가득 채워져 있었다. 녀석의 입가에는 진흙이 잔뜩 묻어 있었다. 주변을 왔다 갔다 하면서 둘러보았지만, 사람의 모습은 보이지 않았고 파란 풀로 뒤덮인 무덤 하나만 보일 뿐이었다.

며칠 뒤에 나는 혼자서 그 언덕에 올라가 보았다. 하지만 아무리 기다려도 귀신은 나타나지 않았다. 디엔 녀석의 말에 따르면 그 여자는 정말 선량한 얼굴을 하고 있었고, 사랑에 겨운 눈빛으로 녀석의 머리를 걱정스레 쓰다듬어 주었다고 했다. 나는 그 말을 듣고 죽고 싶을 만큼 서러워져 눈물을 주체하지 못했다. 왜 그 귀신은 나를 한 번만이라도 그런 식으로 이 세상에서 감춰주지 않는 것일까.

나는 앉아서 손으로 천천히 눈물을 닦았다. 평온한 얼굴이 될 때까지 천천히 눈물을 닦아냈다. 슬픈 모습을 아버지한테만은 절대 보일 수 없었다. 아버지 입에서 "이렇게 살기는 너무 힘들다는 거지? 언제 떠날 거야?"라는 말이 다시 튀어나오게 할 수는 없었다.

아버지는 우리 남매를 자주 때렸다. 잠에서 깨자마자 예사로 때렸다. 그것은 긴 잠에서 눈을 떴을 때 황량한 벌판에 울적한 바람만 불고, 여전히 메마른 땡볕만 쏟아지고 있어서 고달픈 진저리를 속절없이 쳐대는 것과 매한가지였다. 나는 시시때때로 아침을 되돌아보고 점심을 되돌아보면서, 내가 엄마랑 닮은 어떤 일을 했던 것일까 생각했다. 생선을 절이면서 후추를 너무 많이 넣었나? 아니면 내가 머리를 너무 길게 묶어서인가? 아니면 내가 앉아서 디엔의 이를 잡아줘서인가?

아니면 내가 커갈수록 엄마를 닮아가기 때문인가? 하루는 디엔 녀석이 밤에 잠을 자다가 깨어나서는, 옷을 꿰매는 내 뒷모습을 보고 깜짝 놀란 목소리로 "엄마!"하고 불렀다. 나는 그 소리에 기운이 다 빠져나갈 만큼 어이가 없었고 너무도 실망스러웠다. 엄마와 관련된 습관이나 그 어떤 것들도 모조리 털어내리고 애썼건만 물려받은 이 몸뚱이만은 도저히 어쩔 수가 없었던 것이다.

아버지가 마음속 고통을 조금이라도 털어내 보고자 나를 때리는 거라고 생각하고, 나는 매 맞기를 감수했다. 그렇게 마음먹은 뒤로 우리 남매는 더 이상 진저리쳐지는 불안에 떨지 않았다. 우리는 나름대로 통달해 있었다. 우리가 매질을 당하는 것은 단지 엄마의 자식이라는 이유 때문이었다. 단지 그뿐이었다.

우리에게는 그 시간들도 여전히 아주 즐거운 시간이었다. 나중에 아버지는 지겨움에 못 이겨 더 이상 때리지 않게 되었다. 아버지는 우리에게 무관심하고 무덤덤했다. 어떤 일이든 할 말이 있을 때면 짧게 몇 마디 던질 뿐이었다. 오리 치는 일도 우리 둘에게 넘겨버렸다. 아버지는 한가할 때면, 앉아서 칼 손잡이나 도마를 깎았다. 그러다가 아무 말 없이 낚싯대를 어깨에 메고 낚시를 하러 다녔다. 돈이 생겨도 슬하의 이 박복한 자식들을 돌아볼 마음이 없었다. 그래서 작게 보이는 거룻배조차도 세 명이 기거하기에는 아주 넓게 느껴졌다. 엄마가 떠나고 여러 해가 흘렀건만 우리 남매와 아버지 사이의 거리는 여전히 너무 멀기만 할 뿐 좀처럼 가까워질 기미가 없었다. 한 번은 강을 지나다가 디엔 녀석이 발을 헛디딘 시늉을 하면서 물속으로 뛰어들어 몸을 숨기기도 했다. 나도 놀란 척 소리를 크게 질러댔는데, 아버지는 순간적으로 당황해 물속으로 뛰어들 자세를 취했다가 곧 아무 일도 아니라는 듯 자리에 도로 앉아 나무 깎는 일을 계속했다. 아버지가 이내 생각해낸 것은 디엔 녀석이 네댓 살 때부터 헤엄을 배워서 물에 빠져 죽을 일이 전혀 없다는 것이었다.

우리는 더 이상의 어떤 것을 아버지에게 바라기 어렵다는 사실을 잘 알고 있었다. 아버지 마음속에 약간의 동요가 일었다는 사실만으로도 그저 반가울 따름이었다. 아버지는 마치 커다란 불가마 속에서 방금 빠져나온 도자기 같은 모습이었다. 형상은 유지하고 있되, 이미 곳곳에 금이 가서 눈요기로 그저 멀리서 잠자코 바라보기만 해야 되는 그런 금단의 존재였다. 만약 그렇게 하지 않는다면 깨어져 없어져버릴 터였다.

거룻배, 벌판, 드넓은 강물의 뒤척임이 한없이 계속되었다……

나와 디엔은 살아갈 방법을 스스로 깨우쳐야 했다. 전혀 예상치 못한 일들이 자주 종종 아주 쉽사리 벌어졌다……. 살모사에 물린 디엔의 경험으로 우리는 독사의 이빨 자국을 구분하는 법을 알게 되었다. 뱀이 디엔의 발목에 남긴 이빨 자국은 깊게 파인 작은 두 개의 구멍이었다. 물론 마음씨 좋은 농사꾼이 디엔 녀석을 어깨에 들쳐 메고 의사에게 달려가 독을 빼내준 덕분에 목숨을 유지할 수 있었고, 경험으로 삼을 수 있게 된 것이다. 그 뒤로 나도 한 번 빽빽한 수풀을 가로질러 가다가 뱀에 물리게 되었다. 나는 소리를 질렀다. "디엔아, 이 누나가 먼저 죽겠구나." 디엔은 상처를 보더니 웃으면서 괜찮다고 말했다. 누나 인생은 아직 많이 남았어. 이빨 자국 두 줄에서 피가 새나오기는 하는데, 이건 그 뱀이 장난하느라고 깨문 자국인 게 분명해……. 그리고 나비가 날아가는 모습을 보면서, 구름이 흘러가는 것을 보면서, 나는 날이 쨍쨍할지 비가 올지 짐작할 수 있었다. 빔 빕[9] 우는 소리가 들리면 우리는 강의 수위가 올라간다는 것을 알았다. 샛강에 거룻배를 댈 때 디엔 녀석은 우선 근처의 가장 높은 나무부터 타고 올라갔다. 나무꼭대기에서 사방으로 벌판을 둘러보면서 그곳에서 얼마 동안 오리를 치면 먹이가 바닥날지 정확히 계산해냈다. 또 우리는 어느 지역에 추수철[10]이 빨리 오고 어느 곳이 늦을지 판단할 수 있었다. 머물던 벌판을 떠나 새로 옮겨가는 벌판은 벼가 거의 여물어 가는 지역인 것이다.

그래서 우리의 유랑생활은 우기를 건너 건기, 다시 우기를 반복하며 오랫동안 계속되었다. 나는 시시때때로 사-람이 그리워졌다. 사람들은 우리가 자리를 잡은 곳에서 그리 멀지 않은, 저기 저 작

9 뻐꾸기과에 속하는 텃새로, 주로 강가 덤불 주변에 산다. 밀물 때면 '빔 빕, 빔 빕' 소리를 내며 운다.

10 베트남 남부 메콩강 일대는 1년 3모작이 가능하다. 두 번은 쌀농사를 짓고, 나머지 한 번은 밭농사 또는 물고기 양식을 하거나 땅을 그냥 놀린다. 아무 때나 쌀농사가 가능한 여건이며, 지방 관청 '농업과 농촌 발전부'의 지도로 지역마다 모내기 시기를 달리한다. 연중 내내 쌀 생산량을 균일하게 맞추기 위해서다.

은 마을에 살고 있다. 그리고 저기 저 읍내에 많이들 몰려 산다. 우리가 종종 들러서 쌀과 느억 맘[11], 소금을 사는 그곳에……. 다른 면 지역으로 가는 버스가 항시 대기하고 있는 그곳에 사람들이 있다. 그뿐인가. 사람들은 바로 눈앞 가까이에도 있다. 그들이 추수를 하면서 풀어놓는 잡담과 웃음소리는 먹이를 찾아 꽥꽥대는 오리 떼의 귓전에도 휘감긴다. 하지만 나는 여전히 그립다…….

아마도 우리의 삶과 저들의 삶이 나날이 낯설어지고 멀어지기 때문이리라. 저들은 돌아갈 집이 있지만 우리는 없다. 저들은 많은 이웃들 속에서 살지만 우리는 그렇지 않다. 저들은 아름다운 꿈을 꾸며 잠들지만 우리는 아니다. 거룻배 바닥에 비좁게 웅크리고 누운 우리는 꿈꾸는 법조차 잃어버렸다. 엄마의 모습을 그려볼 수 있는 유일한 방법조차 사라져버렸다. 그것이 나와 디엔을 얼마나 슬프게 만들었는지 모른다. 허나 꿈꾸는 법을 회복한들 엄마의 모습이 나타날지 어떨지 우리는 전혀 알지 못한다.

5.

열세 살 나던 해 건기에 오리 떼가 바람결에 실려 죽어갔다. 생

---

11 생선 액젓을 일컫는 말이다. 한국 사람이 외국여행에서 김치를 떠올리듯, 베트남 사람이 외국여행에서 첫 번째로 떠올리는 식재료가 느억 맘이다. 모든 음식의 양념으로 사용할 뿐만 아니라, 소스로도 식탁에 매번 올린다.

계를 위해 아버지는 본래의 목수업으로 되돌아갔다. 바우 센 마을의 몇몇 집에서 아버지는 침상이나 옷장 따위를 만들었다. 우리는 그곳에 정박하고 오랜 날을 보내게 되었다.

예전에 살았던 마을에(예전에 살았던 집도 있는 듯하고) 머물고 있는 듯한 느낌이 우리를('우리'라는 단어에 나는 아버지를 포함시키지 않는다) 단단히 에워쌌다. 오후에 접어들 무렵이면 나는 마을 어느 집 울타리 주변에 앉아서 야자 이파리에 메뚜기를 잡아 맸다. 디엔이 마당에서 햇볕을 쬐다가 눈물이 그렁그렁한 얼굴로 내게 말했다. "왜 여기서 부는 바람은 우리 집에 불어오던 바람하고 똑같은 거야." 우리 둘은 울고 싶은 심정이 되었다.

주인아주머니가 주저하다가 아버지에게 말을 꺼냈다. "두 아이를 가만 보고 있자니 너무 불쌍해요⋯⋯. 어딘가 이상해 보이기도 하고." 아버지는 가볍게 웃었다. "아, 그래요? 네, 네⋯⋯."

디엔 녀석과 동갑인 주인아주머니의 딸은 우리에게 집에 들어가서 같이 놀자고 꾀고는 했다. 하지만 그 아이는 언제나 우리가 고개를 가로젓는 모습만 마주하게 될 뿐이었다. 우리는 집 안의 쌀바구니가 너무도 무서웠다. 쌀 바구니가 우리 두 남매의 숨을 막히게 했다. 정말 어떻게 해야, 언제쯤 되어야, 우리가 우-리-스-스-로-의-모-습(바로, 세상 속에 처량하게 내동댕이쳐진 모습)에 제대로 익숙해질 수 있을까. 예를 들어 부러진 젓가락, 깨진 솥뚜껑, 엄마 잃은 병아리들의 허둥대는 몸짓을 아무렇지 않게 바라볼 수 있는 것처럼……. 하지만 도저히 잊을 수가 없다, 물소똥 냄새가 스멀스멀 피어오르던 그 쌀 바구니를……. 어느 집이나 쌀 바구니와 벽 사이에는 약간의 간격을 띄어 두었다. 그 공간은 아이들을 매료시키기에 아주 적당한 곳이었다. 아이들은 흔히 그 공간을 마치 자신들만의 집인 양 생각했다. 소꿉놀이로 음식을 만들고, 부부 역할을 하고, 부모 자식 역할을 했다. 어쩌다 부모에게 매를 맞거나 혼이 나면 녀석들은 역시 그곳으로 기어들어가 혼자서 울기도 하고, 그러다가 종종 잠에 곯아떨어지기도 했다(어른들이 깜짝 놀라서 우리 꼬맹이들이 어디에 갔기에 안 보이는 거지, 밖에 나갔나, 안에 있나? 아니면 발을 헛디뎌 연못에 빠졌나? 하며 돌아다니도록, 또 그렇게 부모를 안절부절못하게 만들 수도 있는 곳이었다). 쌀 바구니 뒤편의 틈새는 우리 남매가 꿈꾸던 천국이었다. 생선살을 으깨서 밥을 짓고, 야자나무 밥주걱을 그릇으로 삼았다. 배불리 '먹은' 척을 하고, 어두워져서 자는 척을 하고, 지겹도록 놀다가 정말로 잠에 빠지기도 했다. 그런데 잠에서 깨어나 보니 내 삶이 갑자기 너무도 엄청나게 변해 버린 것이다. 마치 한 생을 이미 다 살아버린 것처럼. 하지만 아홉 살, 열 살이 어디 한 생이라 부를 만큼 충분한 나이인가?

우리는 결코 평범한 아이들이 아니었다. 주인아주머니의 딸 역시 결국은 그것을 알아차리고 더 이상 우리 문제에 끼어들려 하지 않았다. 그 아이의 얼굴은 예뻤다. 하지만 버릇이 무척 나빴고, 심술도 자주 부렸다. 제 엄마를 찾는 일이 거의 없었는데 필요해서 엄마를 부를 때는 무뚝뚝하게, 엄마 나 배고파, 할 뿐이었다. 아이 엄마는 우리 아버지에게 변명을 늘어놓았다. "아이 아빠는 첩에 푹 빠져 살고, 저는 그 뒤꽁무니만 쫓아다니다 보니, 집에서 아무도 가르치지를 못 했어요……."

  주인아주머니 또한 아주 바빴다. 급하게 논라[12]를 챙겨 쓰고는 종일 나다녔다. 이 점쟁이, 저 무당을 찾아다니며 남편이 돌아올 수 있게 하는 부적을 만들어 달라고 청하는 게 아주머니의 하루 일과였다. 그리고 실패할 때마다 더욱더 결연하게, 연적을 누를 수 있는 더 강력한 부적을 찾았다. 그렇게 무당을 찾고 부적을 찾는 건, 배신으로 인한 마음의 상처를 조금이나마 덜어보려는 몸부림이었다. 아주머니는 죽은 혼을 부르는 무당 이야기, 그리고 황천과 세상, 인간을 꿰뚫어 볼 줄 안다는 이들에 대한 이야기를 우리에게 한 보따리씩 풀어놓곤 했다. 그들은 병을 고칠 수도 있었다(면도칼로 사람의 뱃속에서 머리카락 한 다발을 꺼내기도 하고, 삶은 달걀을 사람 몸 위에 굴리고, 그 다음에 달걀을 깨서 그 사람에게 검은 개털 한 움큼을 보여주기도 했다). 그들은 또 피로 그린 부적을 이용할 줄 알았고, 칼로 죽은 사람의 혼령을 불러 그 혼령이 자신의 몸에 들어오게 하기도 했다. 이 부분은 꽤나 우스꽝스럽다. 부적이 정말 영

12 베트남 고깔모자를 가리키는 말로, 베트남을 대표하는 이미지 중 하나다. 야자수 잎이나 파인애플 잎, 볏짚 등을 엮어서 만든다. 햇빛을 가리는 용도로 뿐만 아니라 부채, 바구니 등으로 다양하게 쓰인다. 관광기념품으로도 많이 생산한다.

험이 있다면 돌아온 사람의 혼령 역시, 무당 자신의 몸이 아닌 다른 사람의 몸을 통해 보여줄 수 있지 않은가. 정성스레 어루만지는 손길과 달콤한 말들…… 전부 사실이 아니었다(내가 분명히 아는 것은 그것이 부적 값에 상응한 대가로서 꾸며진 것이지, 그 어떤 애정에 의해서 비롯된 게 아니라는 것이다). 그리고 때때로 누군가의 감미로운 웃음, 따뜻한 눈빛, 달콤한 입맞춤, 격렬하게 부둥켜안은 포옹 역시도…… 사실이 아니다. 하루 만에 부적의 신성한 효력이 다해버리는 것처럼, 난봉꾼의 사랑이 그런 식이다. 사내는 몸을 한 번 부르르 떨고 나서 어리둥절한 표정으로, 어라, 우리 둘이 왜 한 침대에 이렇게 누워 있는 거지? 정말 미안하게 됐어. 아마 내가 어제 너무 취해서 나도 모르게 네 모기장으로 들어온 거 같아. 그러곤 깜짝 놀란 듯, 고통스러운 표정을 지으며 "세상에, 우리가 무슨 일을 저지른 거야?"라고 말하면서, 모든 것을 완전히 끝내는 것이다. 그런 방식으로 사내는 정겨웠던 지난날들을 깨끗이 털어버린다. 텅 빈 기억 속에, 그들의 영혼은 다시 들떠 가겠지만 몸만은 계속 기억할 것이고, 계속 아파할 것이다…….

하지만 부적이라도 믿지 못한다면 더 이상 무슨 일을 할 수 있겠는가. 역시나 주인아주머니는 이미 연적의 집을 찾아가서 그 아가씨의 옷을 갈기갈기 찢고, 머리카락을 자르고, 시장 한복판으로 끌고 나가서 모욕을 주었다. 아주머니는 고조된 목소리로 유쾌하고 떠들썩하게, 자신이 칼로 그 아가씨의 얼굴을 어떻게 그었는지, 소금과 고추를 어떻게 발라주었는지 아주 천천히 세세하게 우리에게 설명해주었다(시골사람들에게 그런 일은 아주 평범한 일에 속했다. 누군가 그 일을 형사법 X조 Y항 위반이라 말한다면, 사람들은 웃긴다는 듯이 즉석에서 논쟁을 벌일 것이다. "어라, 그년이 내 남편을 훔쳐갔으면 두들겨 패서 혼을 내는 게 당연한 거지." 자부심에 가득 찬 얼굴로, 꿈쩍도 않고, 순진무구하게 자기 생각을 당당히 이야기할 것이다. 마치 어떤 사람이 옛 전장을 지나면서 친구에게 이야기하는 것처럼. 72년도에 말이야, 내가 이 자리에서 남베트남 병사를 쏴 죽였어. 놈의 뇌가 두부처럼 으깨지고, 눈알이 한 자 이상 멀리 튀었지. 그 말에 친구는 전혀 오싹한 기색도 없이 또 말을 받을 것이다. 내가 미국 놈의 목을 땄던 곳도 바로 여기지 어디겠어).

그 후, 아주머니의 남편은 곧바로 그 애첩을 버리고 부인을 조롱하며…… 다른 여자를 쫓아가버렸다. 세 번의 추수철을 맞는 동안 아주머니는 혼자서 논에 나가고 혼자서 아이를 키웠다. 혼자서 거울을 보면서, 혼자서 자기 자신을 어여삐하고 사랑했다…….

집 뒤뜰 빨래터에는 3년째 남자의 그림자 하나 없었다. 어느 날 오후 우리가 집으로 돌아왔을 때 톱질을 방금 마친 아버지는 반바지 차림으로 목욕을 하고 있었다. 냉랭한 얼굴 위로 물을 연이어 끼얹었다. 관자놀이를 타고 흐른 몇 가닥 물줄기가 구릿빛 등허리를 지났다. 아주머니는 놀란 듯 갑자기 몸을 떨면서 풀어진 옷 단추를 서둘러 고쳐 맸다. 가슴이 팽팽하게 부푸는 것을 감출 수 없었기 때문이었다.

문득 나는 아주머니가 베갯잇 속, 혹은 깔개 아래나 침대 틈에 숨겨놓은 부적들, 이젠 더 이상 아무런 의미도 없는 보통 크기의 부적들과 그와 관련된 이야기들이 떠올랐다. 아주머니도 부적이 더는 의미가 없다는 걸 깨달아가면서 스스로 놀라워했다. 침상을 완성했기에 우리는 마땅히 떠나야 했지만, 주인아주머니는 옷장 두 개를 더 만들어달라고 새로운 청을 했다. 아주머니는 이웃 사람을 사서 연못에 담가둔 나무들을 꺼내, 톱이 있는 작업장으로 옮겨다주었다. 분명히 알 수 있는 것은 이 일을 사전에 준비한 게 아니라는 것이었고, 우리 식구 모두를 자기 집에 계속 머무르게 하고 싶어 한다는 것이었다.

우리는 더욱 극진한 대접을 받았다. 두 끼의 식사 외에도, 점심에 종종 째[13] 한 냄비나 삶은 감자를 내왔다. 아주머니는 아주 적극적으로 우리에게 집에 들어와서 자라고 권했다. 집이 넓으니 거룻배에서 잘 이유가 없다고 했다. 아버지는 망설이는 듯하다가, 결국은 선의를 거절하기 어렵다며 고개를 끄덕여 보였다(얼굴에 비웃음이 얼핏 스치는 것과 더불어서).

나와 디엔은 거룻배에 그대로 머물렀다. 내가 말했다. 시원한 바람을 맞으면서 자는 게 더 편해요. 그리고 우리는 물건도 지켜야

---

13 베트남 죽의 일종으로, 쌀, 콩, 옥수수, 감자, 고구마, 연밥, 제비집 등의 재료를 다양하게 섞어서 만든다. 후식으로도 먹고 간식으로도 자주 먹는다.

하구요. 여기까지 말하고 나니 스스로 생각해도 너무 우스웠다. 이 낡아빠진 거룻배가 무슨 값어치가 있어 지킨단 말인가. 통계청 공무원 아저씨들이 이미 증명해주지 않았던가. 그 아저씨들은 가로 2미터, 세로 3미터에 인구 3명이 기거한다는 사실에 혀를 끌끌 찼다. 보고 들을 수 있는 수단이라고는 1만4천 동짜리 라디오뿐, 생활용수는 강에서 얻고, 수입은 1년을 다해야 3백만 동 가량, 하지만 그것도 하늘의 뜻에 맡기는 것이라, 올해 같은 경우에는 수입이 단 한 푼도 없었고……

그리고 찢어진 쇠가죽 주전자, 사기 그릇 몇 개가 담긴 광주리, 낡은 옷을 담은 종이상자들을 돌아보니…… 물건을 지킨다는 것 자체가 근거 없는 말로 여겨질 따름이었다. 하지만 주인아주머니는 그렇게 주의 깊게 생각해 보지 않았기에, 곧바로 내 말에 동의해 주었다. 눈에는 기쁨이 가득 흘러넘쳤다. 그렇게 아버지는 혼자서 그 집 안으로 걸어 들어갔다.

나는 디엔 녀석을 한 팔로 끌어안고 뱃머리에 찰싹찰싹 부딪히는 가녀린 물결 소리를 들으며 말했다. 이 누나는 학교가 너무도 그립구나(그 비딱하게 기울어진 학교는 담배나무가 가득한 절간 마당에 지어져 있었다. 젊은 스님은 종종 내 머리를 쓰다듬으며 살갑게 물었다. 엄마는 잘 계시지?). 디엔 녀석이 반문했다. "그리울 게 뭐 있어, 아무 짝에도 쓸모없는 것을……." 나도 모른다. 벌판에서 살기 시작한 이후부터 나는 학교에 대한 미련을 아예 접었다.

하지만 오늘 밤 왜 나는 디엔의 눈을 치료할 돈벌이까지 생각하게 되는 것일까(나는 여전히 생각한다. 눈물이 흘러나오는 건 울고 있을 때에나 의미 있는 것이라고). 오늘밤 내가 왜 이럴까? 희망을 보았기 때문일까?

나는 욱신거리는 가슴을 어루만지며 잠을 청했다.

잠에서 깨어났을 때 희망의 꿈도 따라서 깨어났다. 그날 아침 아버지는 평상시와는 완연하게 달라져 있었다. 눈빛은 밝게 빛나고 웃음 섞인 말소리는 낯설기까지 했다. 돌연 아버지는 자신의 가치를 깨닫고 앞으로 나아갈 길을 찾아낸 듯싶었다. 요동치는 생각들로 아버지의 얼굴에는 수많은 구름과 바람이 일렁였다. 밝은 빛이 돌다가 돌연 어두워지고, 흡족한 낯빛을 띠었다가 갑자기 괴로운 낯빛으로 돌변했다……

주인아주머니 역시 평상시와 달라져 있었다. 생기발랄하던 아주머니는 아버지가 새로 만든 찬장을 보더니 돌연 비실비실 풀이 죽었다. 이 찬장은 본래 닷새 정도면 만들 수 있었다. 하지만 그럴 수가 없었던 건, 주인아주머니가 수시로 마실 물을 들고 와서 권하고 시시때때로 빵을 가져와서 "오빠, 빵 드시면서 좀 쉬세요." 했기 때문이다. 쓱싹쓱싹 대패질 소리 그친 한낮의 고요는, 싸락싸락 대팻밥 밟히는 소리에 깨어졌다. 우리는 마루에 앉아 놀면서도 주인아주머니가 어디에 있는지 알 수 있었다. 아주머니는 아버지가 일하는 장소에 함께 있는 것이다.

어째서 내가 그 아주머니를 평-범-한 아버지와 더불어 우리 남매를 평범한 삶으로 돌아가게 해줄 희망이라 생각하는지 나도 잘 이해가 되지 않았다. 우리 남매는 언제나 아주머니에게 우리 아버지와 친해질 수 있는 기회와 공간을 만들어 주었다. 가장 어려운 일은 함께 놀기 위해 아주머니 딸을 꾀는 일이었다. 디엔 녀석은 견딜 수 없어 했다. "저 꼬맹이가……." 나는 웃으며 "됐어, 내버려 둬……." 하면서 속으론 이런 생각을 했다. 어찌 아나, 저 꼬맹이가 머잖아 우리와 한 가족이 될지. 어찌 아나, 저 꼬맹이가 우리와 기나긴 애정의 연을 이어가게 될지.

그래서 아버지가 마지막 옷장을 거의 다 만들어갈 즈음, 나는 약간 걱정이 일기도 했다. 옷장을 완성한 날 오후, 아버지는 합판 쪼가리를 얻어다가 거룻배 덮개를 고쳤다. 수선 작업은 우리가 곧 떠나는 것을 의미했다. 주인아주머니는 우울한 표정으로 밥이 다 식어가도록 오후 내내 밥그릇 속을 젓가락으로 헤집었다. 아버지는 아주머니를 바라다보았다. 그리고 웃음을 지으며 부드럽게 물었다.

— 아주머니, 저희 식구랑 같이 떠나실래요?

아주머니는 마치 그렇게 물어주기를 기다리고 있었다는 듯이 고개를 끄덕였다. 얼굴은 환호성을 지르듯 빛이 났다. 거의 아무 생각이 없는 듯했다(우리 엄마도 그렇게 순식간에 결정을 내렸던 걸까?). 나는 갑자기 눈물이 맺혔다. 아버지의 눈길이 나를 향하는 것을 느끼고, 나는 일그러진 얼굴로 웃으면서 "갑자기 혀를 깨물어서 너무 아파요."라고 말했다.

주인아주머니의 삶은 분초를 다투는 조바심 속으로 빠져들기 시작했다. 아주머니는 기를 쓰며 분주하게 왔다 갔다 움직였다. 허둥대며 바구니를 찾아 들었다. 물건을 되는 대로 아주 많이 싸고 싶었지만 거룻배에 그것들을 다 실을 수 없다는 사실을 곧 깨닫고는 집었던 물건들을 한 귀퉁이로 팽개쳐버렸다. 마지막으로, 자기 아이를 바깥에 나가 놀라고 내보냈다. 그 아이를 배웅하는 우리 남매의 마음은 착잡하기 이를 데 없었다. 마치 그 아이를 끝 모를 세상의 한가운데로 배웅하는 듯싶었다. 내일도 그 아이는 여전히 삶을 살아가겠지만, 전혀 다른 삶을 살아가게 될 것이다. 강가로 돌아온 아주머니는 잠시 멈칫 발걸음을 멈추었다. 뱃머리 앞에 앉아서 우리이 거처를 넋 놓고 하염없이 바라다보았다. "앞으로 닥쳐올 날들은 어떤 날들이려나."

너무도 쉽게 그려낼 수 있다. 내가 빨래하는 곳, 칠 벗겨진 갑판이 아주머니의 잠자리다. 아침이 되어도 아주머니는 그 자리를 벗어날 일이 없다. 잠에서 깨어나면 그저 앉아 있는 것만으로 족하다. 고개를 돌리면 코앞이 부엌이다. 부엌에서 고즈넉한 연기만 피워 올릴 수 있을 뿐이다. 처음 며칠 밤은 아마도 적응이 어려울 것이다. 물결에 요동치는 거룻배 위에서, 굽은 노 옆에 누워 잠을 청해야 한다. 처음 며칠 밤은 분명 꺼림칙할 것이다. 그리고 창피할 것이다. 거룻배는 몸을 가려줄 만한 곳이 없다. 때문에 우리 남매는 깊은 잠에 취하도록 애쓸 것이다. 감미롭게 헐떡이는 가쁜 숨소리를 뒤덮고도 남을 만큼, 우리 남매는 코를 크게 골 것이다. 아주머니가 배에서의 일상에 적응하려면 꽤 많은 시간이 걸릴 것이다. 몇 가지 향초(香草)와 파를 심어놓은 물통(초목과 과일을 심은 널따란 농장을 대신하여), 자그마한 화덕(장작 타는 냄새 훈훈한 부엌을 대신하여)…… 그리고 아버지의 탄식을 들어야 한다. 나는 이런 집에 진절머리가 났지만 이 집 말고 다른 그 어떤 집도 우리에게 없다는 걸 현실로 받아들일 뿐이다. 우리의 집은 이런 것이라 말할 수 있다. 정처 없는 어느 벌판이고, 강물일 따름이다……. 아주머니가 우리를 돌볼 필요는 없다. 사랑도 필요 없고 가르침도 필요 없다. 우리 남매는 그런 희망을 애초부터 품지 않는다(아주머니의 친자식조차 아무런 희망이 없거늘). 아주머니가 지금 여기에서 그저 생각해야 할 것은 내일이나 모레 점심 때 햇볕이 들이 쬐고 바람이 살랑살랑 불어오면, 아버지를 향한 자신의 마음을 증명하기 위해, 이 특이한 두 녀석과 잘 지내는 모습을 보여주기 위해, 디엔 녀석을 붙잡아다가 녀석의 몸에 물을 붓고 녀석의 버짐 핀 피부 위에 엉겨 붙은 흙먼지를 깨끗이 씻어주어야 한다는 것이다. 어금니를 물어야 할 것이고, 팔자에 없는 불평을 내뱉어야 할 것이다. 아니면 나를 불러 앉혀놓고 머리를 땋아주어야 할 것이다. 분명 나도 그 상황을 견디기 힘들 것이다. 너무도 낯설고 우스꽝스러울 테니까.

허나 유감스럽게도 아주머니에게 그런 내일이나 모레가 오지 않았다. 길을 떠난 지 얼마 되지 않아 아주머니는 아버지에게 버림을 받았다. 동행하는 그 짧은 순간이 아주머니에게는 고난에 찬 시간이었다. 아주머니는 애를 썼다. 지금의 이 선택이 옳은 것이라고, 지금의 이 사랑은 다른 것과 바꿀 만한 충분한 가치가 있다고 그렇게 믿고자 애를 썼다. 마을과 집, 논밭들이 뒤편 멀리로 미끄러지듯 흘러갔다. 그리고 자신의 친딸도……. 그렇게 애를 써서, 어지러운 마음을 가까스로 진정시켜 보았다. 아버지는 어느 마을을 지나는 길에 자그마한 시장 앞에 배를 댔다. 아버지는 아주머니에게 소금에 절인 무를 조금 사오라고 일렀다. 아주머니가 잡화점 안으로 사라진 뒤 아버지는 웃음을 지었다. 우리 남매는 그 웃음을 영원히 잊을 수 없다. 그 웃음은 사나운 것이면서 동시에 괴로운 것이었고, 황량하면서도 씁쓸한 것이었으며, 비할 데 없이 혹독한 것이었다. 아버지는 눈동자가 튀어나올 듯 일그러진 얼굴로 기나긴 웃음을 지었다. 눈에는 눈물이 그렁거렸다. 아버지는 아주머니의 물건을 강변으로 내던졌다. 그리고는 거룻배에 발동을 걸었다.

누가 있어, 이 광활한 벌판에서 우리를 기다려 줄 것인가?

6.

우울한 땅과 하늘이 상심의 계절 속으로 비를 보냈다. 디엔 녀석이 살구나무 묘목 몇 그루를 구해 와서 같이 심자고 했다. 우리는 비를 맞으며 칼로 땅을 파서 몇 개의 작은 구덩이를 만들었다. 그러고는 뿌리를 묻고 흙을 덮었다. 아버지는 사랑의 감정을 스스로 제거해버렸다. 지극히 달콤한 그 어떤 영혼(작고 나약한)을 간직하기를 포기해버렸다. 디엔은 오리들이 나뭇잎을 뜯어먹을까, 강가를 지나는 사람들이 무심결에 짓밟아버릴까 걱정이 돼서 내게 갈대를 잘라다가 묘목 주변에 꽂으라고 했다. 우리 남매는 우리가 방금 벌여놓은 일을 앉아서 바라보았다. 갑자기 슬퍼졌다. 훗날 이 나무들이 자라는 것을 보고, 또 이 나무에 올라 열매를 딸 수 있을지, 해먹을 걸고 늘어지게 잠을 잘 수 있을지, 아니 그보다도 우리가 다시 이 자리로 돌아올 수 있을지 전혀 알 수 없었기 때문이다.

우리 남매는 바우 센을 떠난 뒤로 나무를 심어 가꾸는 일에 대한 갈망과 부러움이 생겼다. 다시는 평-범-한-삶으로 돌아갈 수 없다는 것을 깨달았기 때문이다. 우리가 그리워하는 것은 설렘이었다. 그리움이란 부 스아[14] 과일이 자라는 네모반듯한 마당에서 뛰노는 것, 우리가 직접 어떤 나무를 심고, 그 나무가 열매를 맺고, 우리가 그 열매를 맛있게 따먹는 것을 뜻했다. 하지만 그러한 작은 꿈조차 우리에겐 기약 없는 사치였다. 우리에겐 나무들이 자라는 걸 지켜볼 시간조차도 허용되지 않았다. 날이 더 더워지기 전에 다른 곳으

---

14 '부'는 '가슴', '스아'는 '젖'이라는 뜻이다. 보통 이 과일을 먹을 때 절반으로 쪼개서 숟가락으로 떠먹는데, 과육에서 흰 과즙이 새어나오기 때문에 '젖가슴'이라는 이름이 붙었다.

로 이동을 해야 했다. 그나마 다행인 것은 우리가 꼬 우아에서 꽤나 오래 머물렀다는 것이다. '가슴털이 매끈한' 오리들을(최근에 야위어 버린) 오랫동안 한곳에서 돌볼 수 있었다. 하루는 디엔 녀석이 살구나무가 뿌리를 내리는 것을 확인하고는 입맛을 다셨다. "여기가 우리 땅이라면 얼마나 좋을까……."

나는 웃었다. 그것은 정말 멀고도 먼 훗날에나 혹여 가능한 일이었다. 어느 날 오후, 우리는 마을길을 걷다가 어떤 할아버지가 손자와 함께 앉아서 즐겁게 노는 모습을 보게 되었다. 디엔 녀석은 목부용 울타리 곁에서 머뭇거리면서 말했다. "저 할아버지가 우리 할아버지라면 우리를 무척 귀여워해주고 또 함께 놀아주실 텐데." 그 말을 들으면서 나는 갑자기 궁핍의 나락으로 떨어지는 기분이 들었다. 정말 아무것도 갖지 못한 궁핍……. 우리를 귀여워해줄 할아버지도 없어서 그저 길가에서 부러움만 느낄 뿐이었다. 나는 고개를 가로저으면서 디엔에게 말했다. "우리처럼 곧 어디론가 떠나야 될 사람들이 말이야. 누군가를 좋아했다가 얼마 못 가 헤어지게 될 땐 또 얼마나 슬프겠니? 우리 가슴은 이미 이별의 고통으로 갈기갈기 찢겼잖아. 너는 또 그런 이별을 하는 게 두렵지 않아?"

유랑생활은 우리에게 서글픈 마음을 갖지 않도록, 천막을 접을 때 무덤덤한 마음으로 다른 벌판을 향해 떠날 수 있도록, 다른 샛강의 물줄기를 아무렇지 않게 따라갈 수 있도록, 더 이상 그 어느 누구도 사랑하지 않고 더 이상 그 무엇에도 애착을 갖지 않을 것을 강요했다. 심지어 우리는 벌판에서 오리를 치는 다른 무리들보다도 더 정처가 없었다. 아버지의 연애가 나날이 짧아졌기 때문이다.

아버지는 종종 평범한 모습을 보였다. 사람들('사람' 속에 우리 남매는 포함되지 않는다) 속에서 아버지는 마냥 즐거운 듯 웃음 띤 얼굴로 말하곤 했다. 여러 번 나는 놀란 표정을 숨기지 못했고, 그럴 때마다 옛-날-의-아-버-지를 다시 만난 듯한 착각이 들었다. 마을 사람들이 여러 차례 우리 천막을 찾아왔다. 손님이 오면 아버지는 나를 불러 "얘야, 마른 생선 몇 마리 구워서 가져오너라. 아버지가 손님들과 한잔 해야겠구나……"라고 말했다. 디엔 녀석도 즐거운 마음으로 빈 술병을 들고 가게에 들러 술을 받아왔다. 아버지가 단지 이름을 불러주는 것만으로도 디엔은 신이 났다. "디엔아……. 디엔……." 하지만 그런 즐거움은 잠시뿐이었다. 사람들의 그림자가 사라지고 나면 아버지의 모습은 연극을 방금 마친 배우와 같았다. 망연자실 넋도 빠져나가고, 고독에 겨운 창백한 얼굴을 하고, 근처에 다가갈 수 없을 만큼 냉랭한 자세를 취했다. 우리 남매는 그런 아버지의 모습을 씁쓸하게 바라보아야 했다.

아니다, 아버지는 홀로 있을 때 더욱 무서워졌다. 마치 먹이를 배부르게 먹고 둥지로 돌아오는 맹수와 같았다. 맹수는 드러누워서 지난 먹잇감의 향과 맛을 음미하고, 또 다른 먹잇감을 탐하며 씩씩거린다. 맹렬한 사냥은 맹수의 옛 상처를 더욱 도지게 할 때도 있게 마련이어서, 점점 더 커지는 자신의 상처, 그 상처에 어려 있는 피를 핥으며 공포에 몸을 부르르 떨기도 한다. 때때로 나는 바우 센의 그 아주머니를 기억한다. 그날 아침, 소스라치게 놀란 얼굴로 거룻배를 뒤쫓아 내달려오던 아주머니의 그 마지막 모습을 기억한다. 분명 그 아주머니는 자신의 원래 집으로 되돌아갔을 것이다. 딸을 찾아 집으로 데려왔을 것이다. 옷가지들도 빈 옷장 속에 다시 걸었을 것이다. 하지만 그게 무슨 상관이랴. 그날 아침 이후 그 아주머니는 또 다른 사람을 사랑하게 되었겠지. 하지만 영원히, 영원히 한 길가에서 남자에게 버려진 치욕을 결코 잊지 못할 것이다(그 증거로 우리 세 식구도 그날을 잊지 못하고 있으니 말이다). 그 후로 아버지는 여자들을 상대할 때 적당한 선에서 계산기를 두드렸다. 적당히 사랑하고, 적당히 아파하고, 적당히 부끄러워하고, 그리고 적절한 순간에 차버렸다. 자신의 조그만 가게를 방금 팔아치우고 매달린 여자도 있었다. 남편과 자식들에게 가족의 연을 끊겠다는 선언을 방금 내던지고 뒤쫓아 온 여자도 있었다. 집 재산을 방금 절반으로 나누고 찾아온 여자도 있었다. 곧 시집을 가야 할 처녀도 있었다. 헛간에 더미로 쌓인 크고 작은 장작들처럼……. 그 많은 여자들이 아버지를 믿고 사랑했다. 아버지는 그들을 적당한 거리만큼만 데리고 다녔다. 그들 스스로 적당히 배신감을 느끼게 만들고, 결국은 제풀에 떨어져 나가게 만들었다. 그 여자들은 더 이상 돌아갈 곳 없는 길로 정처 없이 떠나야 했다.

아버지는 여자를 꾀는 데 별다른 노력도 기울이지 않았다(무지

몽매하고 촌스런 아저씨들이 제 손으로 제 여인을 아버지에게 밀어냈다. 그들은 취할 때까지 술을 마시는 걸 좋아했고, 손찌검과 발길질로 가장의 권위를 세우는 것을 좋아했다. 벌판에서 녹초가 될 때까지 일만 하는 사내들의 감정은 이미 메말라 있었다. 일평생을 그렇게 살아왔고 그렇게 살아갈 뿐이다. 그들은 여자에게 상냥한 말 한 마디 건네지 않았다. 그들은 열애를 모르며, 애무라는 것도 모른다. 그들은 그저 여자가 필요할 때 여자를 뉘어놓고 홀로 쾌감을 흡족하게 취한 다음, 돌아누워 코를 드르렁거리며 잠에 곯아떨어질 뿐이다). 앞으로도 얼마나 많은 여자들이 우리 아버지의 시식거리가 되어 고통의 나락으로 빠져들게 될까? 나는 스스로 묻곤 했다. 마흔이 넘은 남자가 단지 웃음으로, 달콤한 말 몇 마디로, 깊고 상냥한 눈빛으로 여자들을 유혹할 수 있다니……. 세상에 어떻게 우리 남매를 제외하고 그 어느 누구도 아버지의 영롱한 얼굴 뒤에 아주 시커멓고 깊은 수렁이 있다는 걸 왜 알아채지 못하는가. 어둑한 강변 선착장, 외로움에 겨운 마음이 발을 쉽게 헛디디게 만든다는 걸 어찌 모르는가.

그래서 우리 남매는 아버지가 새 여자에게 눈독을 들이고 미소를 흘릴 때마다 그 사이를 비집고 들어가 서로를 갈라놓아야 했다. 그렇게 하지 않는다면(만약 우리가 둘의 사이를 떼어놓지 못한다면), 첫 만남부터 사랑의 아픔이 시작되는 것일 뿐이다. 나는 아버지가 단지 여자들의 몸을 훔치는 것뿐이라고 생각했다. 몇 차례 몸을 섞고 난 뒤 아버지는 금세 냉랭해졌다. 디엔 녀석도 그런 아버지의 모습에 씁쓸해 하긴 마찬가지였다. "아버지가 하는 짓은 꼭 오리들이 교미하는 것 같아……." 나는 녀석을 윽박질렀다. "그런 소리 함부로 하는 게 아니야……."

하지만 가슴 밑바닥으로부터 나 역시 디엔의 생각에 동의했다. 아버지는 어딘가 약간 보통의 사-람과는 달랐다. 계절에 따른 일감에도 관심이 없었고, 본능을 따르지도 않았다. 아버지의 마음속에는 아무런 감정의 찌꺼기도 남아 있지 않았다. 얼굴에는 그저 어떤 속셈만이 가득 넘쳤다. 그렇다고 배신을 미리 작정한 얼굴도 아니었다.

아비지는 우리를 만성적인 결핍의 나락으로 계속 떠밀어 넣었다. 머물던 장소에서 떠날 때면, 우리가 지금 이주를 하는 것인지 도망을 가는 것인지 구분하기 어려웠다. 우리는 인간사의 기본적인 권리를 모두 잃어버렸다. 배웅도 없었고 흔드는 손길에 마음이 일렁일 기회도 없었으며 뜰에서 갓 뜯어낸 채소 한 묶음, 바나나 한 다발 같은 농촌의 소박한 선물도 받지 못했다. "안녕히, 잘 가세요. 건강하시구요……." 그 정도의 살가운 당부의 말도 듣지 못했다.

우리 남매는 진절머리가 나거나 화가 끝까지 활활 타오르지 않도록 갖은 애를 써야 했다. 우리는 오리들을 우리가 머무는 벌판에서 최대한 멀리까지 몰고 가서 먹이를 먹였다. 아침부터 오후 늦게까지 오리들을 풀어놓았다. 벌판의 황량한 바람은 우리의 마음을 더욱 갑갑하게 했다. 그나마 다행인 것은 동생의 눈에서 끝없이 흘러내리는 눈물방울이 바람결에 말라붙기도 한다는 것이다.

나는 더 이상 디엔의 눈을 고쳐주겠다는 생각을 하지 않았다. 디엔은 내내 울었다(나와 똑같이). 녀석의 표정이 아무리 평온해 보여도 우는 게 아니라고 말할 수 없었다(나도 그랬다. 다른 점이 있다면 내 눈물은 가슴속에서 순식간에 말라 버린다는 것이다). 우리 둘은 스스로도 시시때때로 놀랄 만큼 정말 기이한 아이들이 되어 있었다.

한 번은 우리 둘이 논두렁에 가만히 앉아 있을 때였다. 주위에는 추수하는 일꾼들이 밥을 먹고 있었다. 한낮의 땡볕이 따갑게 내리쬐었다. 내가 말했다. 다른 곳은 땡볕이 덜 내리쬐지 않을까? 디엔 녀석이 말했다. 물고기 절인 냄새가 정말 좋은걸. 나는 고개를 끄떡였다. 그래? 하지만 너무 궁핍한 냄새야. 디엔 녀석이 반문했다. 그럼 어떤 냄새가 부유한 냄새야? 나는 웃으면서 대답했다. 고기 절인 냄새가 그렇지. 분명 그렇게 우리 둘은 서로 입씨름을 주고받았다. 그런데 어떤 일꾼 아저씨가 놀랍다는 표정으로 물었다. "어떻게 너희 두 녀석은 온종일 시무룩한 표정으로 앉아서 한 마디도 하지 않는 거니? 어떻게 그럴 수가 있어?"

디엔이 웃음을 지었다. '어라, 우리 둘은 인-간-의-말-소-리를 낼 수 없게 되었나봐.' 디엔 녀석은 전혀 입술을 움직이지 않았지만, 나는 디엔의 생각을 읽을 수 있었다. 디엔의 머릿속은 모든 것을 갈가리 찢어놓는 태풍이 몰아치고 있었다. 광풍이 채찍이 되어 상처 가득한 작은 가슴을 후려치고 있었다. 디엔의 영혼은 격렬한 내란으로 만신창이가 되어 있었다.

어느 날, 마을 앞 제방에서 디엔이 이상한 징조를 보이기 시작했다. 우리는 우연히 개 한 쌍이 서로 들러붙어 있는 광경을 목격했다. 벼를 널어 말리던 아가씨들이 소리를 질러댔다. 나는 디엔에게 눈을 감은 척 하자고 일렀다(이런 장난은 정말 애들이나 하는 짓이다. 누구나 개들의 교미 자세를 또렷이 보고 있는데, 안 보는 척 할 까닭이 사실 없었다). 디엔 녀석은 웃음을 참지 못하더니, 내게 큰 소리로 말했다. "누나, 잘 봐……." 녀석은 갑자기 막대기를 집어 들고 개들에게 달려가서 있는 힘껏 내리쳤다. 개들은 엄청난 고통 으로 깨개갱 울부짖었고, 흙먼지 속에서 공포에 떨며 어찌할 바를 몰라 했다. 너무도 고통스러운 듯 녀석들은 볏짚더미 속으로 머리를 파묻었다. 그런 와중에도 두 녀석은 서로 떨어지지 않았다. 수컷은 땅바닥에 머리를 조아리며 신음 소리와 더불어 침을 질질 흘렸다. 안 뛰어? 철썩! 이것들이 안 뛰네. 철썩! 디엔 녀석은 고함을 크게 질렀다. 개들을 내리친 대나무가 으스러지며 쪼개졌다. 나는 디엔의 손을 붙잡아 끌었다. "야, 개한테 왜 그렇게 못되게 굴어?" 나를 돌아보는 디엔의 얼굴에는 눈물이 가득 흘러내리고 있었다.

바로 그날 그 순간부터 나는 아버지에게 달려가서 말하고 싶었다. '아버지, 디엔이 너무 이상해요. 왜 그런 거죠?' 디엔의 그런 모습을 혼자서 지켜보는 일은 너무도 두렵고 혼란스러운 것이었다.

디엔은 내가 무-엇-을-보-았-는-지 알고 있었다. 녀석은 씁쓸한 표정으로 고개를 숙였다. 디엔은 어른으로서 남자가 되어가는 기쁨을 거부했다. 녀석은 사춘기에 강렬하게 분출하는 본능을 경멸과 분노, 증오로써 스스로 제어하려 들었다. 녀석은 아버지가 가진 그 모든 것, 아버지가 하는 그 모든 행위들에서 벗어나기 위해 저항했다. 온몸의 진이 다 빠지도록 몸부림쳤다. 여러 날 동안 녀석은 얼굴이 창백해질 때까지 연못에 몸을 담그고 있었다. 녀석은 밤중에도 진이 다 빠져 맥없이 나동그라질 때까지, 풀 잎사귀 미끈한 논두렁을 미친 듯이 뛰어다녔다. 그러고는 벌판에 팔다리를 쫙 벌리고 드러누웠다.

그러면 안 돼, 디엔. 그러면 안 돼. 나는 디엔을 불러서 녀석의 행동을 말리고 싶었다. 하지만 유감스럽게도 배운 게 없다 보니 생각을 제대로 말로 표현해내지 못했다. 나 역시 분명히 알고 있는 것은 아니었지만 욕정과 육체는 추악한 게 아니고, 멸시받을 만한 것은 더더욱 아니며, 우리 남매를 누더기 같은 삶 속으로 밀어 넣은 원인도 결코 아니라는 것이다……

열여섯 살 디엔은 내가 앉은 곳으로 와서 편안히 드러누웠다. 나는 녀석의 귓불을 손끝으로 가만히 건드렸다. 디엔은 시큰둥해져 있었다. 바지를 걷어 올리고 싱그러운 허벅지를 드러낸 채 모를 심는 아가씨들을 녀석은 무심한 눈으로 바라다보았다. 때때로 밭 한

가운데 오두막이나 수풀더미 사이에서 서로 찰싹 달라붙어 있는 쌍을 보게 되면, 녀석은 경멸 어린 시선으로 조소를 보냈다. 디엔은 약간 떨리는 듯한 목소리로 덤덤하게 말했다. 가늘고 부드러운 목소리였다. "누나, 걱정일랑 말아. 내가 뭐 어떻다고 그래. 슬퍼할 거 하나 없어……."

나는 웃으면서 "그래."라고 대답해 주었다. 하지만 슬픈 생각을 거두는 것은 그리 간단하지 않았다. 그 후로도 한참이 지나서야 비로소 나는 디엔을 평범한 눈으로 바라볼 수 있었다. 나는 녀석이 벌이는 기이한 행동을 잊고자 애를 썼고, 대신 녀석의 아홉 살, 열 살 시절을 상상하곤 했다(우리 둘 다 화초처럼 자라던 시절, 디엔 녀석은 종종 앉아서 오줌 누는 흉내를 내곤 했다).

나는 문득 이런 생각을 했다. 녀석의 기이한 행동이 길고 긴 형벌의 쳇바퀴 속에 놓여 있는 것은 아닐 거라고. 그것은 자연환경이 날이 갈수록 점점 거칠고 혹독해지는 이치와 비슷한 거라고. 마치 하늘이 그동안 한참을 참아오다가 지금 미친 듯이 화를 내며 천둥번개로 으르렁대는 것처럼. 얼마 전에 천막 안에서 모기장과 깔개를 걷다가 빗줄기가 혓바닥을 내밀어 천막을 흥건하게 적시고 땅바닥 여기저기를 흡족하게 맛보는 것을 본 적이 있다. 나는 스스로 물었다. 다른 곳(우리가 머물고 있지 않은 곳)에도 비가 이렇게 많이 내릴까? 또 이런 의문이 머릿속에 끝없이 생겨났다. 하늘은 단지 우리가 머무는 곳에만 비를 퍼붓고, 땡볕을 내리쬐는 건 아닌지. 아버지가 차버린 여자들의 수치심이(그리고 그 여자들의 가족들이 안은 고통까지 더해져서) 수시로 하늘을 찔러대고 있었으니 말이다.

그리고 나와 디엔의 비밀스런 소통 방식이 비정상적인 것이었듯이 디엔은 아버지와의 관계를 점점 더 해체해버렸다. 식사 시간은 언제나 침묵 속에 잠겨 있었다. 밥을 먹으면서 나는 환각에 종종 빠져들곤 했다. 내가 지금 9년 전의 그 어느 벌판에 앉아 있는 것인가? 희뿌연 연기가 바람에 흩날리는 광활한 벌판, 드높은 하늘엔 헤쳤다가 모이기를 반복하는 실구름들. 아주 멀리 희미하게 보이는 지평선. 노을 아래 붉게 얼룩진 저편 멀리의 언덕들. 자그마한 새들의 울음소리 방울방울 들려오고, 볏짚 냄새가 퀴퀴한 진흙 냄새와 더불어 뭉게뭉게 피어오른다. 오리들은 겨드랑이 사이로 머리를 파묻고 보리수나무 그늘 밑에서 게으른 잠을 잔다. 나무는 벙어리 방울처럼 소리 없이 흔들리는, 절망의 노란 봉오리 몇 개를 매달고 있다. 풍경도 바뀌지 않았고 그곳에 앉아 있는 이도 여전히 나인데, 그런 나는 그저 오래 묵은 상처들을 끝없이 후벼 파면서 눈물만 떨어뜨리고 있을 뿐이다.

마치 무덤 몇 개가 앉아 있는 것 같다고 디엔은 생각했다. 그나마 행운처럼 볏짚 위를 표류하는 한낮의 땡볕이 시끄러운 소란을 피워댔다. 그 소란이 정작 오리들이 만들어내는 소리라는 것을 깨달았을 때 디엔은 깜짝 놀란 목소리로 말했다. "누나, 우린 정말 제정신이 아닌 것 같아." 나는 싱글벙글 웃었다. 이제 우리 앞에 오리의 세계가 열리는구나. 오리는 질투도 없고 토라지지도 않지. 오리는 머리가 너무 작아서 단지 순간의 사랑을 누리는 것만으로 만족하지. 나는 백여 마리나 되는 오리 떼 중에, 왜 수컷은 열이나 열다섯 마리만 필요한가 하는 오랜 의문을 이제 거두게 되었다.

새로운 언어 세계에 빠져서 우리는 사람들이 우리를 미친 연놈 취급하는 것도 개의치 않았다(중요한 것은 우리가 인-간-세-상의 슬픔을 잠시나마 잊을 수 있다는 것이었다). 우리 남매는 오리 떼의 사랑법을 배웠다(어떤 이를 사랑하는 것으로 인해 아픔이 없기를 희망하면서). 하지만 디엔 녀석이 귀를 쫑긋 세우고 오리들이 하는 말을 듣고 있는 것을 보게 될 때면 나는 깜짝 놀라서 쓰디쓴 눈물을 삼키지 않을 수 없었다. 어째서 이런 아픔이 생겨나는 것인지, 슬픔도 사람들과 함께 나눌 수 없어, 오리들과 마음을 나눌 수밖에 없는 것이다. 밤이면 밤마다 우리는 오리 우리 가운데에 걸린 전등을 켜기 위해 녀석들에게 살금살금 다가갔다. 녀석들은 우리를 알아보고는 아무런 요동도 치지 않았다. 조심스럽게 알을 꺼내들면서 나는 모호한 소리로 노래를 흥얼거렸다. 음을 낮추어야 하는 몇몇 소절은 소리를 제대로 내지 못했다. 오리들은 내 노랫소리에 아주 민감했다. 내가 소리를 제대로 내지 못했던 소절을 그 다음번에 기를 쓰고 고쳐 불렀을 때, 녀석들은 금세 그 차이를 알아차렸다. 그러곤 나를 의심의 눈초리로 바라보았다. "어라, 저번에 왔던 그 녀석 아니야?" 눈먼 오리가 코를 킁킁거린 뒤에 웃으면서 말했다. "그 녀석이지, 누가 또 있어? 목소리가 약간 달라졌을 뿐이야. 분명한 건 녀석의 심장 소리지. 아주 익숙한 소리인걸 뭐. 어두침침하고 흐느껴 우는 듯하고 곧 떨어질 벼이삭처럼 매가리도 없고……." "아빠, 그럼 그 심장이 폭발하지는 않을까요?" "왜 아니겠니. 눈을 감아보면 어떻게 될지 금방 알 수 있어." 오리들이 지껄이는 느닷없는 이야기를 듣고 나는 내 심장 소리를 듣기 위해 눈을 감았다.

오리들과의 소통으로 인해 우리는 적절한 형벌을 받았다. 새로운 세계와 더불어 우리는 그럭저럭 즐거웠고 그럭저럭 아팠다. 때로 무엇인가가 우리의 등 뒤에 서서 우리를 조롱하며 비웃는 것 같았다.

지친 벌판 위로 슬픈 소식을 실은 북동풍이 불어왔다. 우리는 생경한 낱말을 듣게 되었다. 조류독감. 벌판에서 오리를 치는 모든 이들이 허탈하게 웃었다. "이런 젠장, 오리들이 그렇게 바람결에 죽어갈 거라네. 나라의 관리들이 그렇게 떠들던 걸……." 성[15]에서 모든 가금류를 도살 처분하겠다는 통보를 내린 날, 사람들은 현기증에 몸을 휘청거리며 소리를 질렀다. "세상에, 이거 장난 짓거리가 너무 심한 거 아냐? 그렇지요, 어르신들?"

---

15 한국의 '도'에 해당하는 행정 단위. 면적은 대략 한국의 '도'의 절반 정도다. 행정체제는 성-현-사-촌(북부, 중부) 또는 성-현-사-읍(남부)으로 구성되어 있다. 행정관청은 '사' 단위까지 설치되어 있다. 베트남의 행정구역은 5개 직할시(하노이, 호치민, 다낭, 하이퐁, 껀터), 58개 성으로 구성되어 있다.

그 누구도 장난을 치지는 않았다. 단지 나라의 관리들이 삼국지 속 조조의 발상을 빌어 왔을 뿐이다. '놓치는 실수를 하는 것보다 죽이는 실수를 하는 게 낫다.' 공무원들은 그렇게 벌판의 오리들을 모조리 잡아다가 구덩이를 파고 묻어버린다. 디엔 녀석이 입을 삐죽거렸다.

— 아저씨들, 우리 집 오리들은 아무 병도 걸리지 않았단 말이에요.

그 말에 한 아저씨가 신경질적인 반응을 보였다.

— 이놈아, 네놈이 그걸 어떻게 알아?

— 오리들이 분명히 나한테 그렇게 말했단 말이에요.

모든 이들이 껄껄껄 실소를 터뜨렸다. 참 재미있는 날이로군. 그들은 비옷을 몸에 걸치기 시작했다. 그들은 커다란 구덩이에 분사기로 석회를 가득 뿌렸다. 그러고는 여전히 몸부림치고 비명을 질러대는, 살아있는 오리들을 포대 자루 속에 꽉꽉 채워 넣었다. 그렇게 오리들의 주둥이를 닫게 한 뒤 구덩이 속으로 집어던졌다.

방금 전까지 벌판에서 뛰놀던 오리들은 그렇게 한곳에 떼로 처박혀 서로 머리와 몸을 아무렇게나 기댄 채 죽어갔다. 오리가 전 재산인 사람들이 발을 동동거리며, 땅속으로 사라지는 유일한 돈줄에 가슴을 태웠다. 그들은 온몸에서 기운이 모두 빠져나가는 느낌에 젖어들었다. 끝 모를 굶주림과 가난이 다시금 그들을 에워쌌다. 이러한 불행은 (지독히 불행한 업종의) 너무도 혹독한 것이었다.

아버지는 길가에 외따로 앉아서 하늘을 보며 담뱃불을 붙였다.

약간은 무덤덤한 표정이었다. 이미 마음속으로 그런 고통쯤은 각오하고 있었기에, 단지 생채기에 앉은 딱지를 벗겨내는 정도마냥, 대수롭지 않은 사건처럼 받아넘기고 있었다.

그 모습과 그 표정은 나를 절망 속에 빠뜨렸다. 애가 끓던 그때, 왜 하필 내가 아버지 쪽을 바라보았던가? 내가 아버지에게 구원을 (깜짝 놀랄 지경에 빠졌을 때, 아이들이 무심결에 엄마 혹은 아빠를 불러대는 것처럼) 바랐던 것일까? 깊은 땅속에 묻히는 오리들의 가슴 미어지는 울음소리를 도저히 견딜 수 없었기 때문이었을까?

한나절이 지나서야 오리들을 구덩이에 가득 채우고 흙으로 덮을 수 있었다. 겹겹이 쌓인 너저분한 흙더미를 뚫고서 오-리-들의 숨넘어가는 소리가 내게 들려왔다. 녀석들은 목이 꺾이고 몸이 꼬인 채로 괴로워했다. 녀석들은 사-람-들이 왜 그렇게 악독한지 서로에게 물었다. 그러고는 침묵에 빠졌다. 그 고요한 정적은 내 몸을 오싹하게 만들 만큼 끔찍했다. 나는 또 눈먼 오리의 소리를 들을 수 있었다. 아마도 녀석은 어둠이 두렵지 않아서 좀 더 오랫동안 살아 있을 것이다.

오리를 마지막으로 보내는 날, 햇살이 지고 노을이 붉게 피었다. 디엔과 나는 서럽게 울었다. 오리들의 마지막 숨소리가 점점 짧아져가는 것을 느낄 수 있었다. 그러곤 그 소리마저 곧 잦아들다가 마침내 영영 사그라지고 말았다. 단지 불어오는 바람만이 헛웃음을 연신 띄워 보낼 뿐이었다……. 작고 가녀린 안타까운 목숨들이 애달픈 설움으로 내 가슴을 파고들었다.

　다음 날 아침, 마을 사람들은 구덩이 가장자리에 쓰러진 한 사람을 발견했다. 오리를 치던 그는 눈을 뜨고서 하늘을 말똥말똥 올려다보고 있었다. 입가에 문 거품은 코를 찌를 듯한 악취를 풍겼다. 마지막 한 방울까지 깨끗이 비워버린 살충제 병이 그의 옆에 나뒹굴고 있었다. 살기는 이다지도 어렵건만 죽기는 왜 저리도 쉬운 걸까.

　죽은 이를 멀찍이 서서 바라보다가 순간 나는 아쉽다는 생각이 들었다. 어라, 저기 저렇게 큰 대자로 누워 있을 사람은 우리 남매여야 맞는 거 아냐?

　우리네 삶의 업보가 이렇듯 가까운 곳에 뉘어져 있는 듯싶었다.

7.

　그 여자를 구해주고 우리와 함께 지내게 한 일을 나는 후회하기 시작했다. 그녀를 수렁에서 건져내고자 우리가 내밀었던 손은, 역시나 또 다른 깊은 수렁으로 그녀를 빠뜨린 허튼 손길에 불과했다.

　그녀는 정말 적절하지 않은 시점에 우리의 유랑 길에 끼어들었다. 아버지는 만사에 지친 기색을 얼굴에 노골적으로 드러내고 있었다. 여자들은 깨달았다. 아버지를 겪으면 겪을수록, 더욱더 진절머리를 치게 될 뿐이고, 이겨내고자 애를 쓰면 쓸수록 아픔만 더욱

커질 뿐이란 것을. 아버지는 결코 여자들의 상처를 보듬어주는 일이 없었다. 오히려 여자들의 지난 상처를 덧나게 하고, 찢기고 갈라진 틈새를 더욱 벌려놓을 뿐이었다. 심지어 자신이 별별 수단을 다동원해서 빼앗은 여자들(다른 사람의)에게도 전혀 관대하지 않았다. 그런 아버지가 여자들에게서 일방적인 헌신을 어찌 기대할 수 있겠는가?

당연히, 그 여자 역시 자신을 대하는 아버지의 무정한 처사를 인정하고 받아들이지 않을 수 없었다. 디엔과 나는 그녀가 거쳐 온 과거, 매춘부였던 신세로 인해 괴로워하지 않도록, 별반 다르지 않은 우리들의 지난 과거에 대해 이야기를 들려주었다. 끊어진 기억들을 이어 맞추면서 더듬더듬, 아주 더듬더듬 이야기해주었다. 이야기가 그렇게 더듬더듬 진행될 수밖에 없었던 것은 우리가 다른 사람에게 말문을 열어본 것이 너무 오래 되었기 때문이기도 했고, 이야기 곳곳에서 우리가 말을 더 이상 이어갈 수 없었기 때문이기도 했다. 돌아보는 순간마다 예사로 가슴 한편이 쑤시며 무너졌고, 이야기를 듣는 그녀 또한 눈물을 참지 못했기에, 이야기를 다시 잇자면 적잖은 시간이 필요했다. 내가 초경을 했을 당시의 사연 같은 게 그랬다. 가랑이 사이에서 느닷없이 흘러내린 피가 멈추지 않아서 나는 몸을 웅크리고 앉아 하혈하는 부위를 두 손으로 꽉 움켜쥐었다. 하지만 피는 내 손가락 새로 다시금 흘러나왔다. 그때 나는 몸의 모든 피가 다 빠져나가는 줄 알았다. 창백한 몰골로 이렇게 서서히 죽어가는구나 생각했다. 디엔 녀석이 바나나 씨눈들을 따다가 입속에 넣고 질겅질겅 씹었다. 고약처럼 만들어서 피가 나오는 부위에 붙여볼 요량이었다. 그런 고약이 피를 멈추는 데 효험이 있다는 소리를 들은 적이 있었지만, 역시나 그날 내겐 아무런 효과가 없었다. 우리 둘은 서로를 쳐다보며 울기만 했다. 몽롱하게 내 무덤도 보였다. 무덤은 망망대해를 떠도는 뗏목 같은 모습이었다……. 여자는 안타까움에 입술을 씰룩이며 내 얼굴을 끌어당겨 품에 안았다. "아이구, 불쌍한 것들. 그때 너희들 아빠는 도대체 어디서 뭘 하고 있었단 말이냐?" 우리는 아버지가 어디에 있는지 알지 못했다. 하지만 아버지가 가까이 있었다한들 아무런 도움도 받지 못했을 것이다.

우리는 모든 것을 그런 식으로 스스로 깨우쳐야 했다. 결과도 알 수 없는 걸, 그냥 한번 몸으로 직접 겪어본 뒤에야 비로소 실체를 알게 되는 것이다. 이해하기 힘든 것들은 가슴속에 묵직한 체증처럼 계속 남아 있었다. 그러다 보니 어떤 것에 완전히 통달하자면 우리는 그에 대한 커다란 대가를 치러야만 했다.

샛강 가 나무 그늘 아래에서 뛰노는 오리들을 가만히 지켜보노라면 갑자기 부끄럽다는 생각이 밀려들기도 했다. 녀석들은 결코 서로에게 속임수를 쓰거나 상대를 겁탈하거나 하는 법이 없었다. 이 땅에 악취를 풍기는 존재는 오리가 아니라 인간들이었다. 오리들은 짝짓기를 하기 전에 서로의 진심을 나누는 시간을 부드럽고 편안하게, 그리고 충분히 가졌다……. 절대로 천박하지 않았다. 오리들의 사랑법을 지켜본 디엔과 나는 큰 충격을 받았다. 세상에, 우리가 예전에 알고 있던 세계(아버지와 엄마를 통해서)와는 너무도 달랐다. 희열(오리들의) 속에는 사-랑이라 불릴 만한 것들이 차고 넘쳤다. 몸을 가눌 수 없을 만큼, 의혹에 찬 회오리바람이 디엔의 가슴 속에 일렁였다. 녀석의 가슴에 괴로운 회한만이 가득했을 때, 그 여자가 우리 앞에 나타난 것이다.

디엔은 그 여자를 사랑했다. 하지만 그 사랑은 제대로 모습을 갖춘 게 아니었다. 긴 잠에서 깨어난 뒤에도 녀석의 본능은 깨어나지 않았다. 녀석의 심장은 이미 다 타버린 자그마한 숯덩이 같아서, 몸을 뜨겁게 달구지 못하고 그저 잿빛으로 풀썩이고 있을 뿐이었다. 감정의 줄기는 마치 오랫동안 사람들의 발길이 끊어져 잊힌 길과 같았다. 잡초만 무성하게 들어차고, 길 곳곳이 끊어지고, 다리는 무너지고…….

서로를 애틋한 눈길로 바라보고, 손을 부여잡고, 머리를 매만지고, 서로를 위해 견디고 희생하는 사랑은 단지 소설 속에서나 존재했다. 디엔이 사랑하는, 현실 속의 그 여자는 하루에도 수많은 남자를 필요로 하는 여인이었다. 이 세상의 모든 남자를 집어삼키는 상상을 펼칠 만큼 끔찍하게 많은 수의 남자가 필요했다. 처음에는 생계를 위해 어쩔 수 없이 선택한 일이었지만, 나중에는 몸 파는 일에 중독되어 다른 일은 엄두를 내지 못했다. 디엔은 그런 여자에게 절망했다.

디엔은 여자의 꽁무니를 마냥 쫓아다녔다. 반면에 여자는 아버지의 뒤를 하염없이 따라다녔다. 그런 꼴을 지켜보아야 하는 나는 가슴이 갈기갈기 찢어졌다.

그렇게 방향이 엇나간 뜀박질은 그 어디에도 다다를 수 없었다. 게다가 이 불볕더위 속에서 생계와 관련 없는 일에 많은 힘을 허비할 수는 없지 않은가. 아버지는 오리 떼를 팔아넘길 수밖에 없다는 결론을 내렸다. 셋이서 오리 몇 마리씩을 나누어 들고서 각기 다른 마을로 들어갔다. 소매가격으로 팔 수 있을까 해서 마을 깊숙이 여기저기 돌아다녀 보았다. 하지만 별다른 소득이 없었다. 야윈 오리들은 손에 들리면서 가슴뼈가 더욱 날카롭게 도드라져 보였고, 결국 사람들의 구미를 당기지 못했다. 게다가 곤궁기가 길어지면서 많은 집들이 쌀을 구하는 것조차 어려움을 겪고 있는 상황이었다. 그런 그들에게 오리고기는 사치였다. 여유가 좀 있는 사람들도 텔레비전에서 줄기차게 떠들어대는 조류독감 뉴스 탓에 몸을 사렸다. "오리를 먹으면 전염병에 걸려 죽을 수도 있다는데?"

우리는 오리들을 그대로 안고 되돌아왔다. 길에는 보랏빛 들꽃들이 너울댔다. 그 길을 따라, 며칠 뒤 읍[16]장이 사[17]의 고약한 간부

---

16 한국의 '리'에 해당하는 베트남 남부의 최소 행정 단위. 프랑스 식민지 시절에 베트남은 북부(통킹), 중부(안남), 남부(코친차이나)로 나누어 분할통치를 받았는데, 그 잔재로 오늘날에도 남부는 '읍'을 최소 행정단위로, 북부, 중부는 '촌'을 최소 행정 단위로 사용하고 있다.

17 한국의 '읍, 면'에 해당하는 행정 단위.

를 대동하고 우리 앞에 나타났다.

나는 무섭기도 하고 고맙기도 했다. 그들의 출현은 아주 잠시나마 우리의 황량하고 적적한 마음을 달래 주었다. 그들은 우리가 이같이 황량한 벌판에서도 수만 가지 법률의 테두리 안에서 관청의 보호를 받고 있다고 상냥하게 일깨워 주었다. 하지만 그와 동시에 그들은 언제나처럼 우리에게 재앙을 안겨다주었다. 그들은 땡볕에 붉게 익은 얼굴 뒤로 곧 우리에게 내릴 형벌을 감추고 알량한 표정으로 유들거렸다. 그들은 우스꽝스러운 문장을 무미건조하게 떠벌렸다(우리 집 오리들은 결코 '지시', '근원 제거', '종지부', '해결'이란 낱말을 사용하지 않는다). 그들의 결론은 아주 간단했다. "각자 맡은 바, 오리 떼를 모두 도살한다." 아버지는 성난 표정이었지만 그들에게 고개를 끄덕일 도리밖에 없었다. 디엔과 나는 가슴 에이는 통곡이 절로 터졌다. 아이고, 우리의 친-구들이 또 생매장을 당하네.

디엔 녀석이 흘리는 눈물을 따라 그 여자의 눈빛 역시 흐릿해졌다. 여자는 부드러운 목소리로 말했다. 괜찮아, 애들아. 여자는 두 낯선 사내에게 붙임성 있게 다가가서는 자신 쪽으로 팔을 잡아끌었다. "아이고, 오빠들. 저 좀 불쌍히 여겨주세요. 우리 집은 이대로 앉아 굶어죽을 용기가 전혀 없어요." 그 말에 한 사내가 신경질적인 반응을 보였다.

― 아, 위에서 내린 명령인데 아주머니나 나나 무슨 왈가왈부할

처지나 됩니까?

여자는 생글생글 미소를 지으며, 눈을 곱게 흘겼다. "아니, 제가 언제 오빠들하고 말싸움 벌이자 그랬나요? 그냥 오빠들이 모른 척, 우리 집 오리들을 못 본 척, 그렇게 눈감아 주면 될 거 같은데, 별로 어렵지 않은 일이잖아요……." 디엔은 눈물 글썽이는 얼굴로 어금니를 깨물고, 쥐어짜듯이 내 어깨를 움켜잡고서 울분을 참아냈다. 여자는 내친걸음에 몇 걸음 더 나아갔다. 여자의 목소리는 물기 촉촉한 바람결처럼 사내들의 마음을 적시고, 그들의 경직된 (애써 그런 표정을 짓는) 얼굴을 부드럽게 누그러뜨렸다. 한 사내가 침을 꼴깍 삼켰다. 욕정에 가득 찬 눈빛이 바늘 끝처럼 돋아난, 몽롱한 표정이었다. 그의 눈길은 여자의 옷을 벗겨가며 계산기를 두드리고 있었다. 다른 한 사내는 아주 재미있는 까일릉[18] 대본을 곧 보게 되리라는 듯 열망과 흥분에 가득 찬 표정이었다. 여자는 사내들의 세계에 도통해 있었다. 우리 쪽을 한번 힐끗 돌아본 뒤, 은밀하게 (무언가를 교환하는 조건으로) 협상을 끝냈다.

　— 오빠들 먼저 가 계세요. 전 좀 있다가 오리 몇 마리 대충 골라서 가져갈게요. 남 오빠네 집에 계시죠? 제가 원래 길을 다닐 때 집들을 살피면서 다니는 버릇이 있어서 어느 집 누가 뭘 하는지 좀 알지요…….

18 베트남 남부의 전통 창극. 베트남식 오페라로써 소리꾼들이 대화를 노래로 주고받는데, 목청의 간드러진 떨림이 많다. 그런 까닭에 '소름이 돋는다'는 의미로도 통용된다. 소름이 돋는다는 것은 상황에 따라 좋은 의미로도, 좋지 않은 의미로도 쓰인다.

여자의 미소 속에서 돌연 피곤함이 배어나왔다. 협상 내용은 야만적이고도 잔인했다. 사내들은 마을로 돌아가면서 잊지 않고 한마디를 던졌는데, 말투는 화해 반 협박 반이었다. "우리는 사모님 뜻을 존중해서……." 아버지는 도량이 넘치는 표정으로 크게 웃어주었다. 세상에, 어쩜 저리도 어린 애들 같단 말인가…….

여자는 디엔의 머리를 쓰다듬으며 말했다. "별일 아니야. 이 누나한테 오리 몇 마리 잡아다주겠니?" 그러고는 아버지를 향해서는 쓰리고 아픈 통절한 눈빛을 보냈다. 여자는 아주 천천히 옷을 갈아입고 논라를 쓰고 신발을 신었다……. 그렇게 느릿느릿 뜸을 들이는 여자의 행동에서 나는 알 수 있었다. 그녀가 '혹시나……' 하는 어떤 기대를 품고 있다는 것을. 또한 나는 알고 있었다. 여자는 저편 멀리 걸어가는 중에도 귀를 쫑긋 세우고 아버지가 한 번 불러주길 기다렸다는 것을. "이봐, 가지마. 돌아와." 하지만 휑한 바람만이 황량한 소리를 내지르며 여자의 옷깃을 파고들 뿐이었다. 잡풀 너울대는 방죽 위를 여자는 비틀비틀 걸어갔다.

여자는 달이 머리 위로 휘영청 밝게 떠오른 뒤에야 집으로 돌아왔다(나는 그날 이후 그 밤과 같은 달빛을 무서워하게 되었다). 고생스럽게 수풀을 헤쳐 온 바짓가랑이가 이슬에 흠뻑 젖어 있었다. 여자의 몸에서 알싸하게 피어오르는 담배 냄새와 술 냄새에 가슴이 저려왔다. 웅크리고 앉은 우리를 발견한 그녀는 꽤 호탕한 목소리로 소리쳤다. 아이고, 너희들이 뭐한다고 날 기다리고 있어?

"애들아, 나는 말이야…… 몸 파는 일에 이골이 난 사람이야. 그런데 그게 뭐 어쨌다고 너희들이 이렇게 슬프게 청승을 떨고 있는 거야." 그러고는 허리를 굽혀 오두막 쪽을 유심히 살펴본 뒤 혀를 끌끌 찼다. "거 봐라…… 세상에나 어쩜, 오늘은 유난히 바람도 상쾌한 것 같지 않니? 저렇게 단잠도 편히 잘 수 있고 말이야, 얼마나 좋아." 세상에, 아버지의 코고는 소리는 어쩜 저리도 고르고 무사태평인지 나는 눈물이 터져 나왔다. 바로 그 순간 여자는 죽-어-가-고-있-는-듯했다. 그녀는 재빨리 손으로 눈가를 비볐다. 이미 눈물은 관자놀이를 타고 뺨을 적시고 있었다.

다음 날 아침, 아버지는 오리 우리 앞에서 맞닥뜨린 여자를 웃으면서 조롱했다. "어때, 어젯밤 재미 좀 많이 봤어? 분명 그놈들은 널 내 마누라라 상상하면서, 더욱더 삼삼한 기분을 즐겼겠지? 그래, 그러자고. 그놈들이 그렇게 생각하도록 내버려두자고……."

여자는 아버지의 얼굴을 뚫어져라 빤히 쳐다봤다. 그러고는 곧 내 쪽으로 고개를 돌리고 한 마디를 쏟아냈다.

— 네 엄마가 악한 게 하나라면, 네 아버지가 악한 건 열이로구나.

말을 마치자마자 여자는 등을 돌리고 곧장 앞으로 걸어갔다. 수풀 속으로 발을 내디뎠다. 보랏빛 들꽃 너울대는 자그마한 길속으로 그녀의 뒷모습이 점점 잦아들었다.

나는 조용히 쓴물을 삼키며 마음속으로 손을 흔들었다. 그녀의 모습이 밭둑 언저리에서 완전히 사라졌다. 물을 긷고 돌아온 디엔 녀석은 미친 듯이 펄쩍 뛰면서 그녀가 어디로 갔는지 물었다. 나는 그저 잡풀과 들꽃이 우거진 샛강변의 작은 길을 가리켜주었다. 녀석은 그쪽으로 숨 가쁘게 달려갔다.

역시나 디엔은 돌아오지 않았다.

나는 이별 벌판(나는 잠시 그렇게 부른다)에서 우기의 빗줄기가 사정없이 쏟아져 내릴 때까지 녀석을 기다렸다. 그렇게 나는 녀석을 기다리는 놀이를 했다. 나는 녀석이 결코 돌아오지 않을 거라는 걸 알고 있었다. 나는 단지 녀석이(그리고 또한 그 여자가) 그리웠을 뿐이다. 밥상을 차릴 때면, 나는 항상 네 명 분의 밥그릇과 젓가락을 올렸다. 아버지는 곧잘 이를 참지 못하고 짜증을 내며 자리를 박차고 일어나곤 했다. 가정 파탄을 끔찍하게 겪은 맥없는 아이처럼, 나는 멍하니 홀로 앉아서 밥을 물에 말아 먹었다. 불빛 어지러운 샛강변 마을을 지날 때면, 혹여 디엔이나 그 여자를 만날 수 있을까 싶은 마음에 마을 쪽을 유심히 살펴보았다. 디엔 녀석이 여자를 제때에 잘 따라잡았는지, 아니면 여전히 여자를 찾아 헤매고 있는지 알 수는 없다. 녀석은 제 스스로 억눌렀던 본능을 이제는 일깨웠을까. 육신의 갈망을 깨닫고 이제는 스스럼없이 그것을 추구하게 되었을까. 이 밤, 녀석은 그 여자와 잠자리를 함께 하고 피곤에 곯아떨어졌을까. 아니면 어느 방 모퉁이에서(또는 발이 처진 어느 구석에서) 외로운 잠을 청하다가 환락으로 들끓는 신음과 탄성 때문에 고통에 겨운 몸부림을 치고 있을까. 녀석의 눈물 줄기는 이제 다 말라버렸을까. 아니면 맑은 핏방울 같은 그 눈물방울들을 여전히 흘리고 있을까. 아무것도 알 수가 없다.

　디엔이 그립다. 둘이 하나였던 동-류(同類)가(나는 녀석의 나머지 동-류다) 그립다. 둘만의 소통방식이(서로의 마음을 읽을 수 있는) 그립다. 내 심장 소리를 들을 수 있는 한 사람이(이것은 눈먼 오리도 할 수 있었다. 하지만 녀석은 이미 죽어버렸다) 그립다. 날 보호해 줄 한 사람이(이 일은 원래 아버지와 엄마의 일이건만) 그립다. 나는 디엔에게 감사한다. 내가 눈물 바람밖에 알지 못한 열네 살 그날의 해질녘, 녀석은 마을로 뛰어가서 생리대를 구해왔다. 누나, 그건 생리라는 거래. 저절로 끝나기 전까지는 피를 멈추게 할 방법이 없대. 이건 생리 때 사용하는 건데, 옷에 핏물이 얼룩지지 않게끔 해주는 거래⋯⋯. 내 몸이 아가씨처럼 변해가는 것을 보면서 녀석은 안타까워했다. "누나, 얼굴이 예쁘기만 하면 뭐해? 이 촌구석에서 얼굴 예쁜 걸로 남편을 얻어 봐야, 제대로 기르지도 못할 아이들 몇을 낳고, 논밭에서 죽을 때까지 고생만 하고, 결국 매미 허물처럼 쭈그러들고 말 텐데⋯⋯. 제 아무리 예뻐 봐야 무슨 수가 있겠어⋯⋯." 디엔은 내게 목둘레가 넓은 옷은 절대로 입지 말라고, 바지를 높이 걷어 올리지 말라고, 수시로 잔소리를 해댔다. 재밌거리를 찾으려고 여기저기 기웃거리는 마을 청년들을 맞닥뜨릴 때면 디엔은 내 손을 잡아끌어서 나를 자신의 몸 뒤로 숨겼다. 그러고는 욕지거리를 뱉었다. "저 자식은 아까부터 눈깔을 자꾸 어디로 돌리는 거야. 자꾸 꼬나봐서 우리 누나 몸이 다 망가지 겠네." 디엔은 그렇게 동네 패거리들의 접근을 차단해서, 공연한 수치심을 없애 주었다. 어찌된 노릇인지 녀석은 가출로도 내게 커 다란 선물을 만들어 주었다.

아버지가 내게 조금씩 관심을 보이기 시작한 것이다. 디엔의 빈 자리가 자꾸 떠오르는 듯, 곁에 남아 있는 나를 소중하게 대했다. 어느 날 밤부터는 멀찍이 떨어진 곳에서도 아버지는 내게 당부의 말을 던졌다. "얘야, 일찍 자거라!" 나는 그 소리에 눈시울이 아렸 다. 마치 누군가가 내 눈에 연기를 불어대는 것처럼 눈자위가 온통 알싸하게 매웠다. 우스꽝스러웠다. 그 말이 대단한 의미를 지닌 것 도 아니고, 다른 집 같았으면 아버지나 엄마가 수천 번을 반복했을 말이라 들으면 성가시게 느껴져야 되는 말인데, 내 가슴은 오히려 욱신욱신 저며질 뿐이었다.

그래도 나는 그런 기분이나마 부디 오래도록 취해 있을 수 있기 를 바랐다. 하지만 얼마 가지 못해서 곧 사그라지고 말았다. 너무 도 낯설었기 때문이다. 산산이 허물어진 관계를 다시 회복시키기 에는, 잘게 잘게 부서진 가슴의 조각들을 다시 기워내기에는 아무 래도 시간이 충분치 않았다.

우리는 서로를 마주 바라보는 연습부터 다시 시작했다. 그것은 정말로 어려운 일이었다. 아버지로서는 아주 커다란 노력이 필요 했다. 나를 바라볼 때마다, 아버지는 목이 메어 오는 여러 기억과 감정들을 꾹꾹 눌러 삼켜야만 했다. 내 얼굴이 끔찍스러울 정도로 엄마를 **빼닮**았기 때문이다.

거울도 필요 없었다. 나는 맞은편에 서 있는 아버지의 눈빛에서 엄마의 모습을 볼 수 있었다. 내 차례가 되어 아버지의 눈빛을 들여다보면, 마치 캄캄한 물속을 전등으로 비추어보는 듯한 느낌이었다. 그리고 다른 사내들한테는 나만 홀로 태양 아래 노출된 느낌이었다. 그들은 눈으로 내 몸 전체를 어루만졌다. 마치 장님의 손끝과 같은 그런 눈빛으로, 어느 자린가에 닿으면 움직임을 멈추고서 쓰다듬어보고 꽉 쥐어보고(분명 쉽게 그려볼 수 있었다), 그러고는 다른 곳을 다시 탐색하고, 흠뻑 취해서 열심히 비벼대고 매만졌다. 그런 사내들에게 나는 한판 싸움이라도 벌일 듯 거친 욕설로 맞섰다.

오리 떼를 팔던 날, 아버지는 금반지 하나를 사왔다. 아버지는 반지를 내 쪽으로 밀어놓으며, 곧 세상을 떠나기라도 할 사람처럼 거북스러운 말투로 "결혼할 때를 대비해서……."라고 말했다. 나는 절로 터지는 웃음을 막을 수 없었다. 세상에, 내가 누구랑 결혼하게 될지 지금 어떻게 알 수 있다고?

벌판에서만 맴돌며 마치 감방 죄수나 다름없이 살아온 내가, 저 촌스럽고 고리타분한 사내들 외에 누구를 알고 있단 말인가. 내가 저들 중 누구와 결혼해야 한단 말인가? 곤궁기를 대비하느라 논밭에 고개를 처박고 진이 다 **빠질** 때까지 일만 하는 그런 사내와 결혼하고, 애걸복걸 칭얼대는 아이들 소리와 호리병 밥그릇 밑바닥의 밥풀을 야자나무 숟가락으로 벅벅 긁어대는 소리를 들으면서, 온 가슴이 그렇게 쓰라린 화상으로 문드러져야 한단 말인가? 아니면 오리 치는 사내를 선택해서 먼 길 떠나는 일에 지쳐 떨어지고, 떠도는 인생이라 대충 소홀히 살고, 이어지는 불행에 한숨만 지어야 하는가. 그리고 기나긴 추수철의 어느 날 밤 아이를 끌어안고 길을 나섰다가, 늙은 창녀와 놀아나는 남편의 킥킥거리는 웃음소리를 들어야 하는가. 내가 지금 누구와 결혼할 수 있단 말인가. 품팔이 추수 일꾼? 하루벌이 나룻배 사공? 내 인생도 엄마의 복사판이란 생각에 두려움만 가득하거늘. 그 무엇도 장담할 게 없다. 내가 궁핍의 나날과 진절머리 나는 한평생을 과연 견뎌낼 수 있을까. 결국 중도에 모든 걸 포기하게 되지 않을까. 그래서 남은 이들에게 비극만 가중시키지 않을까.

아버지는 적잖이 당혹스러워했다. 조금만 주의를 기울여도 내 생각을 충분히 읽어낼 수 있었을 것이다. 나의 기괴하고 남다른 반응에 아버지는 애석해했다. 하지만 그 애석함조차도 표현할 길이 없어 또한 난감할 따름이었다. 단지 표정으로, 그리고 속으로 아픔을 삭이는 도리밖에 없었다. 아버지의 아픔은 이미 때가 너무 늦은 것이었다…….

그런 생각들은 이미 때가 너무 늦은 것이라, 더 이상 아무것도 되돌릴 수 없었다. 깊이 파인 소용돌이가 미친 듯이 날 집어삼켜버

리고 난 뒤인데, 뒤늦게 놀라서 손짓발짓 아우성치는 거나 마찬가
지였다. 아버지의 그 어떤 노력도 다 허사일 뿐이라고 나는 생각했
다. 나는 하늘의 형벌과 세상의 업보에 대해 생각했다. 그래도 하
늘은, 지난 일을 모두 잊고 마음을 차분히 가라앉히라고 내게 평온
한 표정을 지어 보였다.

지금, 일 년 중 가장 아름다운 계절로 접어들고 있다.

8.

지금, 북동풍이 '끝없는 벌판'(이 이름은 내가 직접 생각해내서
지은 것이다) 전역으로 불어오고 있다. 논두렁 가에 테두리를 치
듯 심어놓은 목화나무는 검푸른 손사래를 치면서, 황금물결로 정
신없이 뒤채는 벼들을 차분하게 진정시켰다. 실로 민감한 촉수를
가진(마치 죽은 벌레 냄새를 맡고 몰려드는 개미 떼처럼) 날품팔이
추수 일꾼들이 냄새를 맡고 떼로 밀려들었다. 그리고 뒤를 이어,
오리 치는 이들도 한몫 끼어들어 볼 셈으로 속속들이 몰려왔다.

그런 이들이 눌러 앉은 벌판은 도시가 되었다. 소란스러운 벌판
은 물맛을 바꾸어 놓았다. 달콤했던 물맛이 짭짤하고 시큼한 맛으
로 변했다. 인적 드문 벌판에서 포근한 진창에 발을 담그고 자라난
벼들이 이제는 옛 시절을 애타게 그리워하며 도시의 한 귀퉁이를

전전하는 신세가 되었다. 삭막하게 변해버린 벌판이 벼를 외면했다(그리고 은근슬쩍 오리 떼를 따돌렸다). 우리 같은 이들이 발 디딜 수 있는 땅은 점점 줄어들었다. 그러거나 말거나 우리는 원래부터 떠돌이 신세였다. 예전에 머무른 벌판으로(예전에 알던 사람들 곁으로) 다시는 돌아갈 길이 없었다. 언젠가 한번은 아련한 기억을 더듬어가며 예전에 머물던 곳으로 거슬러 올라가 본 적이 있다. 나는 그곳에서 '헌' 혹은 '투'[19]라는 이름을 가진 아이들을 많이 만나게 되었다. 철이 덜 든 나이에도 녀석들은 우리 아버지와 같은, 꿍꿍이 가득한 얼굴을 하고 있었다. 눈매는 움푹 들어가 있고, 콧날에는 헛바람이 가득 들어 있었다. 습관처럼 투덜거리고, 인상을 늘 험상궂게 찡그리고 다니며 아주 거칠고 무례했다. 녀석들의 입에서는 단지 욕지거리만 끝없이 쏟아져 나왔다. 나를 불쾌하게 만든 어떤 녀석의 모습은 아직도 눈에 선하다. 어느 순간부터인가 녀석은 나를 뚫어져라 계속 쳐다보고 있었다. 문득 이상한 느낌에 옆을 돌아보았다가 나는 깜짝 놀라 엉겁결에 뒷걸음을 치게 되었다. 눈을 마주친 녀석은 아주 천연덕스럽고 건방진 폼으로 말을 던졌다. "나도 그다지 공부에 취미가 없거든. 언젠가 어른이 되면 나도 오리를 칠거야. 우리 엄마가(또는 아버지가) 나더러 죽을 때까지 저 오리 떼하고 같이 살라고 했거든."

---

19 '헌'과 '투'는 각각 '원한' '적개심'을 뜻하는 단어들이다. 그러므로 실제 이름에 쓰이는 경우는 없다. 여기에서는 거친 아이들을 지칭하는 별명으로 사용되고 있다.

나는 놀란 마음을 누그러뜨리고, 녀석을 비웃어주었다. 글쎄, 네가 어른이 될 날이 올지 모르겠구나. 하지만 녀석은 전혀 아랑곳없이 이빨을 드러내고 아주 크게 웃어젖혔다. 어둠이 내릴 때까지 녀석은 내 주위에서 사라지지 않았다.

녀석의 그 웃음을 이해하는 데는 많은 시간이 필요치 않았다.

간단히 보아도, 바로 지금 이 순간, 벌판 곳곳에 헌과 똑같은 녀석들이 어슬렁대고 있는 판이라, 굳이 지난 기억을 돌이켜볼 필요조차 없는 것이다. 여기 패거리들은 헌의 또래들보다 나이가 좀 더 많았다. 마찬가지로 학교를 다니지 않았으며, 흉악한 잔꾀를 거침없이 피워대는 낯 두꺼운 녀석들이었다. 이 패거리들은 남의 오리를(그중에는 우리 오리도 있다) 뻔뻔하게 빼앗아갔다. 오리 머리에 검은 페인트를 몰래 칠해놓고는 그것이 자기네 오리의 표식이라며 길길이 날뛰고, 원래 주인을 윽박지르며 빼앗아가는 식이었다. 그 패거리들과 서로 으르렁대는 싸움판이 벌판 곳곳에서 연이어 벌어지기 시작했다. 생존이 걸린 문제 앞에서 모두들 야생의 본능을 숨김없이 드러내며 상처 입은 야수들처럼 물불 안 가리고 싸웠다. 싸움을 벌이기 전 아버지는 내게 안 보이는 곳에 멀찌감치 떨어져 있으라고 일렀다. 홀로 우두커니 서서 아버지를 기다렸다. 오리 떼의 절반을 이미 잃은 뒤였다. 한참 만에 나타난 아버지는 내 예상대로 오리들을 되찾아오지 못했다. 우리는 그저 나머지 오리라도 지키고자 발길을 돌리는 수밖에 없었다. 한바탕 싸움을 치른 아버지는 만신창이가 된 몸을 축 늘어뜨린 채 절뚝거리며 앞서서 걸었다. 아버지는 한 걸음 한 걸음 힘겹게 발을 떼어놓으면서 가끔씩 뒤를 돌아다보았다. 나는 가슴이 설렐 만큼 기쁨이 가득 차올랐지만 그 마음을 애써 감추어야 했다. 세상에 어느 딸이 자기 아버지가 피범벅이 되도록 두들겨 맞았는데 기뻐할 수 있단 말인가. 내 기쁨은 다름이 아니라, 아버지의 행동이 예전과는 많이 달라지고 있다는 것, 그리고 그 내면에서도 이젠 지극히 평범한 감정을 되찾아서, 세상을 다시 살기 시작했다는 것 때문이었다. 나는 그런 아버지의 모습이 보기 좋았다.

아, 그런데 그때 왜 나는 아버지 곁으로 달려가서 나란히 걸어갈 생각을 하지 않았던가. 왜 나는 혼자만의 기쁨과 웃음에 취해 아버지의 눈길마저 멀리 피하고자 했던가. 두고두고 후회스러운 일이 벌어지고 말았다. 아버지와 싸운 패거리가 들판을 가로질러 쫓아왔을 때, 나는 더 이상 아무 선택도 할 수 없었다.

세 녀석이 나를 붙잡고 에워쌌다. 흙투성이 범벅인 옷에, 얼굴들은 부어 있었다. 내 얼굴을 똑바로 마주 보게 되었을 때, 녀석들은 흠칫 놀라는 표정을 지었다. 키가 디엔만하고 빼빼 마른 녀석이 연신 입가의 침을 닦아대며 아주 놀랍다는 투로 말을 뱉었다. "우와, 이 쪼그만 계집애가 정말 죽여주게 생겼는 걸⋯⋯."

그 말은 나에 대한 판결문이었다. 눈앞에 놓인 맛있는 음식에 입맛을 다시듯 녀석의 목소리는 끈끈하게 젖어 있었다.

곧이어 그 음식은 녀석들의 손에 들려 논바닥에 처박혔다. 나는 녀석들한테 잡힌 채 허우적대며 하늘을 올려다보았다. 아무런 소리도 없이 갑작스레 컴컴해진 하늘에 나는 깜짝 놀랐다. 이 넓디넓은 하늘에서 어떻게 햇빛이 순식간에 사라져버린 걸까. 태양은 어찌하여 이곳으로 빛줄기 하나 내려 보내지 않는 걸까? 이 무지몽매하고 가난에 전 끔찍한 놈들이 어떻게 해를 가려버린 걸까? 아버지가 걸어간 쪽을 바라보았다. 멀리 아무것도 모른 채 비칠비칠 걸어가는 아버지의 뒷모습이 보였다. 부디 뒤를 돌아보지 말라고 나는 빌었다. 녀석들에게 저항을 한번 시도해본 뒤, 이내 나는 포기해버렸다. 발버둥을 쳐봐야 녀석들의 욕구만 더 자극할 뿐이었다. 나는 단지 몸뚱이가 짓이겨지지 않기를, 논바닥 싶숙이 처박히지 잃기만을 바랐다.

나약하게 입만 꾹 다물고 있는 여자에게 역시나 녀석들은 재미없어 했다. 흥분마저 적잖이 시들었는지 녀석들은 내 옷을 벗겨놓은 뒤에도 어리벙벙하고 의아한 표정을 지었다. 그런데 그 순간 너무도 슬퍼서, 나는 평범한 삶의 길과 그 길에서 만났을 내 사랑을 어렴풋 떠올렸다. 그러나 고통스런 감각 속에 이제 그 꿈마저 아스라히 사라져버려 애통했다. 나는 녀석들에게 조롱을 퍼부었다. "네놈들이 수백수천 번 내 옷을 벗기고 수만 번 별 지랄을 다 떨어도 절대 큰 재미는 볼 수 없을 거야." 그건 겨우 건져낸 생각이었다. 나는 그것에라도 기대어 이 끔찍스러운 고통을 조금이나마 덜어보고자 애썼다.

　그랬건만 분노에 으르렁거리는 아버지의 숨소리와 물을 첨벙거리며 달려오는 발소리가 점점 가까이 들려오기 시작했다. 나는 속으로 탄식했다. 아버지, 이제야 돌아와서 뭘 하시게요. 으으, 아버지는 분노를 토하며 내 몸 위에 올라탄 녀석의 멱살을 있는 힘껏 잡아끌었다. 그런데 물기를 잔뜩 머금은 무거운 그물을 들어 올리듯 너무도 힘에 부치는 몸짓이었다. 나는 비로소 울음이 터졌다. 아버지는 이미 힘이 소진된 듯싶었다. 한 놈이 아버지의 머리채를 잡아 진창에 처박기 직전, 나는 울부짖는 목소리로 소리쳤다. "디엔! 디엔아!"

　디엔을 불러대는 그 소리가 아버지를 더욱 고통스럽게 만들었다. 아버지는 입을 크게 벌린 채 넋이 나간 표정으로 나를 바라다보았다. 나는 볼 수 있었다. 아버지의 눈에 가득 어린 회한의 빛 한 줄기를. 구조를 바라는 가장 단순한 본능에서조차, 딸이 아버지의 존재를 까맣게 잊고 있었던 것이다.

　디엔 녀석은 아주 멀리에 있다. 고요한 벌판엔 풀잎새 몇 닢만 일렁이고 있을 뿐이다. 나는 알고 있다. 그 무엇으로도 이 겁탈을 멈추게 할 수 없다는 것을. 아버지가 이 상황을 어서 이해하고 받아들이기만 바랄 뿐이다. 아버지는 발버둥을 치며 녀석들에게 계속 저항했다. 한 녀석이 아버지에게 한 대 맞고 손으로 눈두덩을 매만지면서 신음과 욕설을 토해냈다. 녀석은 때리는 것으로 복수

하지 않고, 대신 다른 방식의 형벌을 선택했다. 아버지 어깨 위로 올라탄 녀석은 아버지의 얼굴을 내 쪽으로 향하도록 고정시켰다. 녀석들은 서로 역할을 교대하면서 아버지를 계속 같은 자세로 만들어놓았다.

아버지의 눈에는 눈물 같은 게 맺혔다. 그것이 눈물이 묻어 생긴 허연 물때인지, 아니면 피고름인지 분명하지는 않았다. 하느님, 그만하세요. 이 정도면 충분해요. 더 안 해도 돼요. 저는 아버지가 우리 남매가 살아온 방식을 이해하길 바랄 뿐이에요, 그 속에서 부디 마음 편히 먹기를 바랄 뿐이라구요. 예전부터 지금까지 우리 남매는 무엇이든 모르는 것이 있으면 직접 몸으로 시도해보면서 결과를 얻었다. 그것이 앞날을 살아가기 위한 우리만의 학습 방식이었다. 남녀가 몸을 섞는 일은 단지 내가 조금 전까지 겪어보지 못했을 뿐이다.

그리고 지금, 지극히 단순한 느낌으로 정리되고 있다. 처음에는 갈기갈기 찢기듯 아프더니 그 다음엔 날개미가 허물을 벗듯 살점이 한 꺼풀 벗겨지면서 쓰라린 고통을 안겨주었다. 내 몸 구석구석을 기어 다니는 우악스런 손길과 끈끈한 혀에, 나는 지금 죽는구나 하는 생각이 들었다. 그러고는 그 뒤를 이어, 무서움에 떨었던 그날의 기억이 아득하게 밀려들었다. 그날, 옷감을 파는 사내한테 자신의 몸 치수를 온몸으로 잴 수 있게 허락해준 엄마의 표정. 그것은 쾌락을 추구한 결과가 아니라 지금의 나와 똑같이, 귀마저 먹먹

해지는 아픔과 머리카락 끝까지 뻗쳐오는 쓰라림, 그런 상처 같은 것이 아니었던가. 세상에, 그때는 내가 왜 그걸 생각해내지 못했을까(좋지 않은 기억일랑 마음속에 접어두고, 그래 정말 아무 일도 없었던 것처럼 엄마에게 언제나처럼 상큼하게 미소 지어줄 수 있지 않았던가. 해 저물녘 엄마가 강가로 나갈 때, 아버지께서 언제 돌아오실지 모르겠어요. 글쎄다. 아, 그날이 그렇게 아버지의 안부를 서로 물어보는 날이 되었더라면).

……형편없이 구겨진 피투성이의 두 몸뚱이만 벌판에 남았을 때, 태양은 다시금 햇살을 아른아른 뿌려주었다. 누군가가 하늘 높이 제비 떼를 흩뿌려 주었다. 제비들은 나무이파리처럼 맥없이 떨어지지 않으려고 열심히 날갯짓을 해댔다. 아버지는 윗옷을 벗어서 딸의 몸을 덮어주었다. 아버지는 딸의 주변을 엉금엉금 기어 다니며 태양 아래 딸의 몸을 가릴 수 있는 것이라면 무엇이든지 집어다 날랐다. 딸은 거의 죽어가고 있는 듯했다. 단지 눈을 가끔 깜박이며 하염없이 눈물을 흘리고 있을 뿐이다. 처음 입을 열자마자 녀석은 아버지에게 물었다.

— 제가 아이를 밴 건 아닌지 모르겠어요, 아버지.

녀석은 얼마간의 두려움에 몸을 떨었다. 녀석의 몸 속 깊이 화를 치는 무언가가 작지만 분명한 느낌으로 멍울졌다. 얼핏 스쳐 지나는 생각에 딸은 눈물을 뚝뚝 흘렸다. 세상에, 내가 아이를 낳을 수도 있어. 비록 잔인한 일이긴 하지만 녀석은 그것을 감수해야 한다

(녀석에게는 고난을 감수하는 것 자체가 몸에 익은 습관이었다).

그래, 아이 이름은 반드시 트엉이나 녀, 또는 지우, 혹은 쑤옌, 흐엉……으로 지어야지. 아빠 없는 아이지만 반드시 학교를 다니게 할 거야. 아이가 한평생 즐겁고 생기발랄하게 살 수 있도록 보살펴 줘야지. 엄마의 가르침으로, 때때로 어른들의 잘못도 용서할 줄 아는, 속 깊은 아이로 키워볼 거야.

꺼지지 않는 등불

뜨 라이 집에 편지 한 통이 배달되었다. '하이 뜨엉 귀하', 겉봉에 그렇게 써져 있었다. 집안 식구들 모두 심란한 마음을 가누지 못했다. 하이 뜨엉 할아버지는 이미 오래전에 돌아가신 분이다. 아직도 남편을 떠올리는 사람이 있다니, 할머니는 사무친 그리움에 눈물을 글썽였다. 편지를 뜯어보았다. 봉기 사건을 회고하는 자리에 할아버지를 초대한다는 내용이었다.

"아니 그런 얘기라면 줄줄이 외우고 있을 정도인데, 무슨 얘길 어떻게 더 하자는 거야. 그 어른들은 지겹지도 않나봐." 뜨어이는 부엌 뒤꼍에서 쌀을 안치면서 푸념을 했다.

그 봉기 사건은 까마득히 오래전에 벌어진 일이다. 마을 사람들 중에는 그 사건을 아는 이도, 알지 못하는 이도 있다. 알지 못하는 이들도 해마다 찾아오는 두 날만은 알고 있다. 첫날은 시장통에서

적의 총탄에 맞아 유명을 달리한 봉기 참가자들을 기리는 집단 제 삿날이다. 둘째 날은 봉기 기념일이다. 사 전체가 눈부신 붉은 깃 발의 물결로 뒤덮인다. 관리들은 몇몇 노인들을 발동선에 태워 인 민위원회로 모신다. 노인들은 차를 마시면서, 옛 이야기들을 입에 올린다. 노인들의 가슴 속, 그리고 피 속에 담겨진 이야기들이 아 침에도 되뇌어지고, 점심에도 되뇌어지고, 저녁에도 또한 되뇌어 진다. 뜨어이의 할아버지 하이 뜨엉은 항상 그런 자리에 초대를 받 았다. 할아버지의 몸이 쇠약해졌을 때는 뜨어이가 모시고 다녔기 에, 뜨어이 역시 그런 자리의 분위기를 조금이나마 알고 있었다. 그 자리에서 오가는 이야기들을 뜨어이는 거의 외우다시피 했다. 보통은 그다지 새로운 이야깃거리기 없있나. 할아버지 곁에 앉아 있던 뜨어이가 때때로 할아버지에게 이야깃거리를 상기시켜 드리 기도 했다.

— 할아버지는 스승님과 함께 혼 섬에서 새총으로 새 사냥을 하 셨다면서요.

할아버지는 고개를 끄덕끄덕하시면서 뜨어이의 말을 받았다.

— 아 그래, 맞아. 내가 스승님과 함께 혼 섬에서 새총으로 새 사 냥했던 일을 깜박하고 있었구나.

뜨어이는 만족스러운 웃음을 입가에 한 모금 피워 물었다. 자신이 아주 중요한 역할을 한 것만 같았다. 심지어 몇십 년 전에 일어난 봉 기에서조차 중요한 일을 해낸 것만 같았다. 할아버지는 살아계셨을 때 뜨어이를 넘치는 사랑으로 아껴주셨다. 뜨어이 역시 언제나 할아버지 곁을 졸졸 따라다녔다. 뜨어이의 할 일은 밥을 짓고 물을 긷고 집을 청소하는 것이었는데, 한가할 때는 할아버지 곁에 앉아 할아버지의 옛날이야기를 들었다. 할머니도 훨씬 더 오래된 지난 이야기들을 해주었다. 남동생 상은 온종일 바깥에서 뛰놀았다. 마치 강을 건너다니듯이 이웃집 여기저기에서 밥을 얻어먹고 다녔다.

— 이 할아비가 앞이 잘 안보이구나.

뜨어이는 할아버지가 앞을 보는 게 힘들 거라고 생각하지는 않았다. 다만 조금 특이한 면이 있는 것 같다고 생각할 뿐이었다. 하루는 할아버지가 뜨어이를 데리고 바닷가로 갔다. 갯벌 속으로 성큼성큼 발을 디딘 할아버지는 무릎까지 바닷물이 차올랐을 때, 혼섬 쪽을 아련하게 가리켰다.

— 얘야, 저기 저 혼 섬을 좀 봐라.

— 네, 굉장히 멀어요. 할아버지.

— 아이구.

할아버지는 돌연 목이 메는 듯했다.

— 혼 섬이 너무 그립구나.

뜨어이는 할아버지를 위로해드렸다.

— 아버지한테 거룻배로 데려다 달라고 하세요. 제가 지금 할아버지를 업고서 헤엄쳐 갈까요. 가깝다면 한번 해볼 텐데요.

혼 섬은 아주 멀다. 혼 섬에 가게 되면 하늘이 얼마나 드넓은지 바다가 얼마나 광활한지 진정 알게 되리라. 하지만 사람들은 언제나 같은 자리에 우두커니 서서 자그마한 하늘을 바라보고 자그마한 혼 섬을 바라볼 뿐이다. 어스름이 깔린 뒤엔, 우리는 어디론가 갈 필요도, 더 이상 무슨 일을 할 필요도 없다. 그런 세상엔 슬픔만이 가득할 뿐이다. 세상의 진리를 일찍 깨우친 뜨어이는 할아버지의 말벗이 되었다.

— 선생님이 가르쳐주셨어요. 하루 동안 길을 가다 보면, 한 가지 지혜를 얻을 수 있다고.

뜨어이의 어머니는 걱정스럽게 말했다. "뜨어이가 할아버지 뒤꽁무니를 열심히 쫓아다니더니만…… 이상해졌어." 그녀가 이상해진 것은 아니었지만 나이보다는 훨씬 성숙했다. 그녀는 옛이야기를 따라 성숙해졌다. 할아버지는 실성기가 있었다. 할아버지가 그녀에게 알려주었다. 이곳의 갯벌이 짠 이유는 수많은 아저씨, 할아버지, 아가씨, 아주머니의 피와 뼈가 그 속에 쏟아져 들어갔기 때문이라고, 그 속에는 당연히 스승님의 피와 봉기에 나선 형제들의 피도 함께 섞여 있다고. 할아버지는 그녀에게, 늪 한가운데 가슴을 쭉 내밀고 곧게 서있는 맹그로브[20] 나무처럼 어떻게 하면 당당한 삶을 살 수 있는지 알려주었다. 그리고 수많은 이야기를 해주

20 리조포라과(Rhizophoraceae)에 속하는 나무로, 메콩강 갯벌이나 하구에 서식하고 있다. 식물 중 유일한 태생(胎生種)으로, 씨앗을 통해 번식하는 것이 아니라 나뭇가지에서 새끼나무를 키운 다음 바닥에 떨어뜨려 번식한다. 바닷가 소금물에서도 생존이 가능하며, 뿌리를 통해 산소호흡을 하기 때문에 항상 뿌리의 일부가 문어다리 모양으로 수면 위에 노출되어 있다.

었다. 뜨어이는 할아버지가 말하는 모든 것을 반드시 기억해야 할 임무가 자신에게 있다고 생각했다. 부모님은 먹고 사는 일에 바빠 할아버지의 이야기를 들을 처지가 못 되었고, 상은 전혀 듣고 싶어 하지 않았다. 그러던 어느 날, 할아버지는 땅거미가 지는데도 집에 돌아갈 생각을 하지 않고 바닷가에 가만히 앉아 있었다. 앉아서 검푸른 바닷물과 해가 떨어지는 모습을 가만히 바라보았다. 바람이 점점 차가워져서 뜨어이가 집에 돌아가자고 간청했다. 할아버지는 집에 돌아가기를 한사코 마다하고 그녀의 머리를 쓰다듬으며 탄식했다.

— 스승님이 너무 가엾구나. 스승님이 정말 그리워. 스승님을 만나고 싶다. 형제들도 만나고 싶고.

그 말의 의미를 미처 깨닫지도 못했는데, 할아버지는 정말로 스승님 곁으로 떠났다. 한 맺힌 노래를 부르는 한 늙은이가 락 마을에서 사라져버린 것이다. 영화를 만드는 이들과 역사를 기록하는 이들은 격동의 세월을 겪은, 특히나 혼 섬에서 직접 봉기에 참여했던 그런 어르신이 이 땅에서 사라져버린 것을 애통해했다. 그런데 해마다 기념일이 되면 사람들은 하이 뜨엉 할아버지 앞으로 초대장을 보냈다. 사람들이 할아버지가 돌아가셨다는 것을 무심하게 잊어버려서인지 아니면 할아버지가 세상에 살았었다는 것을 기리기 위해 일부러 그러는 건지 이해가 잘 되지 않았다. 작년에는 하늘에 계신 할아버지를 대신해 아버지가 자리에 참석했다. 올해는 바다에 나간 아버지가 모임 날짜에 맞춰 돌아오는 게 불가능했다. 사의 관리들이 어르신들을 모실 발동선을 집 앞 물길에 대었다. 할머니는 마치 누군가에게 몹쓸 짓이라도 한 것처럼 슬픔에 겨워했다. 할머니는 입맛을 다시며 시름을 토했다.

— 정말 너무도 서글프게 하는군. 봉기에 대해 이야기할 수 있는 사람이 우리 집에 어디 있다고. 뜨어이를 보내도 될까?

— 그 애는 너무 어리지 않나요?

— 그 앤 닭띠야, 이제 곧 스무 살이야. 머리도 총명하고.

— 그래요. 상관없어요. 그러지요. 뭐.

그렇게 해서, 뜨어이가 혼자서는 처음으로 그 자리에 이야기를 하러 갔다. 배는 단숨에 헌에 도착했다. 뜨어이는 할아버지의 친구인 찐 할아버지 옆에 앉았다. 찐 할아버지가 울먹이는 목소리로 할아버지와 함께 했던 예전의 추억들을 이야기해주었다. 이미 이끼가 가득 덮인 추억들이었다. 뜨어이는 할아버지에 대한 그리움이 사무쳤다. 할아버지는 지금 분명 혼 섬으로 날아가서 스승님과 친구들을 만나고 계실 것이다. 함께 차를 마시고, 산을 오르고, 새총을 깎을 것이다. 그리고 투옹 루옹[21] 화전에서 고구마와 감자를 심을 것이다. 그들은 결코 늙지 않는다. 그들은 결코 지치지 않는다. 그들은 결코 죽지 않는다. 때문에 세상 사람들은 그들을 추억하는 모임을 끝없이 만든다.

---

21 베트남 전설에 등장하는 물 속 괴물로, 저승세계를 상징한다.

이번엔 성에서 역사를 기록하는 사람이 내려왔다고 했다. 뜨어이는 가슴이 두근거렸다. 할아버지가 말씀하시는 것만큼 제대로 말을 하지 못할 것 같아 두려웠다. 사람들이 알고 싶어 하는 중요한 이야기들을 빠트릴 것만 같아 겁이 났다. 할아버지는 뜨어이에게 무거운 책무를 남겨준 것이다. 얼굴에 강물이 튀는 것을 막는 고무판을 가만히 손으로 잡으면서, 뜨어이는 많은 생각을 했다. 런 강을 홀린 눈으로 바라다보았다. 물결들이 하얗게 밀려 들어왔다. 철모르는 어린 물결이라도 있는 것인지 강은 하얗게 몸을 비비 꼬았다.

모임이 거의 끝나갈 무렵, 탁자 끄트머리에 앉아 있던 어리고 가냘픈 아가씨 뜨어이가 발표할 차례가 되었다. 그녀는 플라스틱으로 만든 개운죽²² 뒤에 앉아 있었기 때문에 다른 사람들 눈에 잘 띄지 않았다. 바닷가에 사는 사람들 특유의 까무잡잡한 피부를 가진 그녀는, 수줍은 얼굴로 두 눈을 크게 떴다.

— 제가 그 봉기에 대해 몇 가지 더 말씀드릴게요.

— 아니, 아가씨가 봉기에 참여라도 했단 말이요?

— 아뇨, 그게 아니라, 저희 할아버지께서.

— 그렇지만, 아가씨가 어떻게 알고 있지요?

— 네…….

당황한 표정으로 그녀는 탁자 모서리를 손으로 문질렀다. 주위

---

22 아스파라거스과에 속하는 작은 관목이다. 베트남에서는 재물과 행운을 기원하는 의미로 개운죽을 설날이나 각종 예식 때 선물한다. 관공서, 식당, 호텔 등의 거실, 회의실에서 흔히 볼 수 있다.

에 앉아 있는 사람들의 얼굴이 많이 낯설었다.

— 네, 저희 할아버지께서 말씀해주셨어요. 할아버지의 성함은 하이 뜨엉이에요. 한이 가득 서린 창극 대본을 쓰기도 하셨어요. 혹시 아저씨들 중에 그 창극을 보신 분이 있으신가요?

— 내가 하이 뜨엉 할아버지를 아주 좋아했어. 말씀도 대단히 잘하시고 내용도 아주 정확했지. 창극에 대한 얘기를 들어본 적은 있지만 실제로 창극을 보진 못했어요.

— 제가 노래를 한번 해볼까요?

— 됐어요, 노래까지 할 건 없고, 얘기를 해보도록 해요.

— 네, 바 할아버지, 찐 할아버지, 그리고 여러 아저씨들, 제가 좀 길게 얘기해두 괜찮을끼요?

모임을 주재하는 어르신이 시계를 보며 웃었다.

— 아직 이른 시간인데, 아가씨의 얘기가 얼마나 기려나? 얘기가 재미있다면야 오후 늦게까지 라도 들어줄 수 있어요.

— 네.

그녀는 헛기침을 한 번 했다.

— 스승님께서는 당에서 임무를 부여받고 락 마을로 돌아오셨는데, 그때가 일천⋯⋯.

그것은 그녀의 이야기, 그녀의 할아버지의 이야기, 락 마을 사람들의 이야기였다. 그들은 그 이야기를 얼마나 많이 했던가? 지난 역사를 채록하는 이들은 그 이야기를 또 얼마나 많이 들었던가?

너무 많아 셀 수도 없다. 그녀는 작년에 아버지가 한 이야기와 그해 이전, 또 몇몇 해 이전의 할아버지가 했던 이야기를 새삼 풀어놓았다. 그녀는 역사를 이야기했다. 역사는 변하지 않는 것이다. 그녀의 이야기엔 젊음의 열정이 담겨 있고, 그녀의 눈엔 갯벌의 어두운 빛깔이 담겨 있으며, 아가씨 특유의 부드러움으로 봉기 사건에 대해 뼈와 살을 붙였으므로, 이야기에 깊이를 더하면서 다른 사람들을 충분히 매료시켰다.

　— 아저씨들, 제 얘기 중에 혹시 틀린 부분이 있나요?

　— 아니야, 정말 아주 대단한 걸. 아가씨는 학교를 얼마나 다녔지요?

　— 네, 9학년[23]까지 다녔어요. 사에서 가르쳐주는 만큼만 했어요.

　— 아가씨 이름이 어떻게 되죠?

　— 네, 뜨어이라고 해요. 할아버지의 성함은 뜨엉[24], 아버지는 라이, 저희 남매의 이름은 뜨어이와 상이에요.

　— 이름도 아주 좋네. 뜨어이 아가씨도 스승님을 알아요?

　— 네 알아요, 저는 스승님을 제 할아버지만큼 사랑해요.

　— 정말 놀라울 따름이군. 그 봉기 사건이 아가씨에게는 아주 막

23　한국의 중학교 3학년에 해당한다. 베트남 정규과정의 학제는 초등 5년, 중등 4년, 고등 3년이다. 6세(베트남은 태어난 해의 다음 해부터 1살씩 먹는다. 한국식 나이로는 7세)에 입학하며, 9월에 새 학년이 시작된다.

24　베트남은 이름의 끝 글자를 호칭으로 사용한다. 그래서 소개를 주고받을 때도 이름의 끝 글자만을 이야기한다.

연한 일일 텐데, 마치 스승님과 한 시대를 산 것처럼 말을 하다니, 스승님은 아주 잘 생기신 분이시지요?

— 네. 저희 할머니가 스승님이 아주 잘생긴 분이라고 말씀하셨어요. 지금의 락 마을 남자 그 누구도 그에 못 미친대요. 스승님은 남자인데도 수를 놓을 줄 아셨어요.

— 수를 놓았다고? 그런 얘기를 들어본 적이 없는 걸. 여러분 중에 혹시 들어보신 분이 있나요?

— 아니요.

— 네.

— 그런 얘기를 들어본 것 같기도 해요.

— 내가 아가씨 할아비지를 세 번 만났는데, 할아버지가 그런 얘기를 한 적이 없어요. 어떻게 아가씨가 그 얘길 알지요?

— 할머니가 말씀해주셨어요. 할머니는 아무래도 여자이니까 그런 얘기를 오래도록 기억할 수밖에 없지요. 할머니가 스승님과 함께 베갯잇에 수를 놓은 적이 있대요.

— 함께? 어떤 수를?

— 원앙이요. 또 안 응윗[25] 창극을 보셨나요? 거기서 이렇게 노래하지요. "원앙은 벗이 있고, 짝이 있네……." 할머니는 그 베갯잇을 지금까지 간직하고 계세요. 좀 낡았지만요. 할아버지는 할머니

---

25 창극의 제목이자 극의 여성 주인공 이름. 1930년대 작품으로 프랑스 식민지 시대(1887~1945)가 배경이다. 관습에 얽매인 양가 어른들의 반대를 극복하고 자신들의 의사대로 사랑을 이루는 이야기다.

가 불쌍하다고 하셨어요. 원앙의 날개가 폭풍우에 꺾여서…….

　— 자네가 우리를 감동시키는군. 그래, 계속 얘기 해봐요. 봉기의 그날 밤에 대해서 말이야.

　— 할아버지는 말씀하셨죠. 혼 섬의 우두머리를 죽인 뒤에(달이 대낮처럼 환한 그 밤) 딤 모녀를 잡아서 해변으로 끌어냈다고. 스승님께서는 아저씨들에게 등댓불이 꺼지지 않게 하라고 일렀대요. 그래서 배를 타고 락 마을로 돌아온 후에도, 등대는 사람들의 눈길 속에 타올랐대요. 한없이, 한없이, 한없이…….

뜻대로의 삶

 까일룽을 좋아한다면 응옥 후옌, 레 투이라고 이름을 짓고, 베트남 영화에 푹 빠져있다면 시엠 흐엉, 비엣 찐으로 이름을 지어야 하건만, 보통사람들과 다르게 더이[26] 아저씨는 두 딸의 이름을 니으[27], 이[28]라고 지었다.

 누구나 묻는다. "아니, 무슨 일을 하고 싶어서 이름이 '뜻대로의 삶'이야?" 그럼 더이 아저씨는 덥수룩한 수염을 앞으로 쓸어 올리면서 자랑스럽게 웃는다. 뭐 어때서요?

 표정을 보고 있자면, 아무도 그가 맹인이라는 사실을 알아차릴 수 없다. 아니, 무슨 생각을 하고 있기에 저리도 자신감에 차 있고

---

26 이름이 '삶, 인생'이라는 뜻이다.

27 이름이 '처럼, 대로'라는 뜻이다.

28 이름이 '뜻, 생각'이라는 뜻이다.

목소리도 경쾌한가. 아무도 그가 르우 아줌마보다 더 힘겨운 삶을 산다는 것을 알지 못한다. 더이 아저씨는 온 가족을 거느리고서 꺼우 늄의 옛 장터를 떠나 여기저기를 떠돌았다. 작은딸이 아빠의 팔짱을 끼고 다닐 수 있을 때부터였다. 떠돌이 악사처럼 그는 어깨에 간[29]을 지고 까일룽을 부르며 복권을 팔았다. 그의 아내는 반은 실성해 있었고, 반은 멀쩡했다. 속으로는 얼마나 즐거운지 알 수 없지만, 온종일 몽롱한 표정으로 웃음을 짓고 있었다. 그는 열 살, 여덟 살의 두 딸이 길을 이끌어주어야만 장터마다 들르며 복권을 팔 수 있었다. 두 딸 모두 못생긴 얼굴에, 지저분하고, 새까매서 그가 딸들을 '뜻대로'라고 부를 때 모두 웃었다.

더이 아저씨의 하루는 새벽부터 시작된다. 그는 기타에 연결된 전깃줄에 자신의 몸을 묶었다. 마이크를 든 첫 딸 니으가 약간 앞에서 전깃줄을 잡아당기면 걸음을 걷고, 느슨하게 풀면 멈추어 섰다. 작은딸 이는 분주하게 앞쪽에서 뛰어다니면서, 진열장에 전시된 인형을 구경하곤 했다. 그의 아내는 뒤쪽에서 따라 걸으면서 노래를 불렀다. 봉황꽃을 주워서 머리에 꽂은 채였다. 떠돌이 악사 모습을 하고 있기는 했으나, 가족 수가 불과 네 명밖에 되지 않아 시끌벅적한 길 한가운데에서 그들은 아주 자그맣게 보이고 참으로 고독하게 보였다.

---

29 베트남의 전통적인 운반 도구로 대나무 막대 양쪽에 두 개의 광주리가 달려있다. 막대를 어깨에 걸쳐 메고 걷는다.

이 도시에 대략 서너 패의 떠돌이 악사가 있는데, 그들은 항상 짝을 지어 다녔다. 사람들은 아주 멀리서부터 들려오는 노랫소리를 듣고서는 누구인지 알 수 있었다. 탄 상, 탄 응아 맹인 부부 가수와 그들보다 좀 더 젊은 쫑 흐우 부부가 있었다. 더이 아저씨는 노래를 아주 못했다. 쉬고 갈라진 목소리에 귀청이 따가울 만큼 멱 따는 소리를 질러댔는데, 아는 노래도 몇 곡 되지 않았다. 〈착한 아내의 옷〉〈엄마의 딸〉 정도였는데…… 조금만 들어도 짜증이 치미는 수준이었다. 그가 길머리에 들어서면 기타 소리가 길 끝까지 다다르기에 사람들은 '뜻대로의 삶이 곧 지나가는구나.' 하고 생각했다. 입은 어찌나 분주한지 "이, 멀리 가지 마. 니으, 좀 천천히 가. 아빠가 급하게 따라다니느라 숨이 끊어질 지경이잖니. 너희 엄마는 어디로 갔느냐. 여보, 여보, 이리 가까이 좀 와요." 그리고는 큰소리로 "오늘 오후에 추첨하는 복권이 있어요. 여기예요, 여기. 한 장에 단돈 이천 동이에요. 찹쌀밥이 이빨에 닿기도 전에 사라질 만큼 적은 돈이에요. 복권을 사는 것은 배고픔을 없애고 가난을 줄일 수 있는 가치 있는 일이에요. 저를 도와주세요. 복권 사세요. 제가 여러분들의 편의를 위해서 직접 돈을 받으러 다닐 게요……." 했다. 세옴[30] 기사들은 "저 친구 말재주가 아주 간사한 걸? 진짜 장님이야, 가짜 장님이야. 주둥아리가 아주 팔팔한 걸?" 하며 못마땅

---

30 손님을 실어 나르는 영업용 오토바이. 택시비의 절반 가격이라는 장점이 있지만, 사고 시 아무런 보상이 없다. 특히, 관광객의 경우 밤 시간에 절대로 이용하면 안 된다. 관광객을 상대로 강도짓을 하는 경우가 종종 있기 때문이다.

해 했다. 그 소리에 그는 검은 선글라스를 벗었다. 쓸쓸하고, 푹 꺼진 두 눈으로 웃었다. "형님들이 그리 생각해도 할 말은 없어요. 하지만 저는 정말 캄캄하게 눈먼 장님이에요. 한숨 쉬고, 한탄한들 비참함이 사라지겠어요? 그런데 저는 정말 행복해요. 말해 뭐하겠어요."

그의 말대로라면, 그는 정말 행복한 사내였다. 그의 아내는 아름답고, 즐겁고(항상 웃고 있으니), 술을 마시러 가도 다른 여자들과 달리 잔소리가 없었다. 사치품에 동요하지 않았고, '다른 남편은 어찌 저리 잘생기고 내 남편보다 돈을 잘 버는가.' 하며 불평하지 않았다. 아침마다 이천 동짜리 연유커피[31]를 사주면 아내는 기뻐서 눈물을 글썽일 정도였다. 그는 니으와 이, 두 딸 때문에도 행복했다. 둘 다 체구는 작았지만, 뭐든지 잘하고, 쉽게 배우고, 얼굴이 예뻤다. 그렇게 생각하며 살고 있으니 그는 기뻐야만 했다. 자신이 현재 가진 것에 만족하고 있으니 기뻐야만 했다.

땡볕 가득 내리쬐는 점심 무렵이면, 그의 가족은 박 호아 시장에 들러 지친 다리를 쉬곤 했다. 니으가 돈을 들고 가서 사온 밥을 함께 나누어 먹었다. 그들은 시원한 바람이 불어오는 탁 트인 곳에 앉아 있었다. 그는 언제나 밥을 천천히 먹었다. 마치 경계근무를 하듯 주변의 소리에 귀를 기울였다. 가족들의 신성한 식사시간을

---

31 외국 커피전문점에 '사이공 커피'라고 알려질 만큼, 베트남을 대표하는 커피 메뉴다. 에스프레소에 연유를 섞었기에 쓴맛과 단맛이 모두 강렬하다. 강렬한 만큼 중독성이 강해 거의 매일 마신다. 남부에서는 '카페 쓰아', 북부에서는 '카페 너우'라고 부른다.

보호하려는 듯한 모습이었다. 그는 젓가락과 그릇이 부딪치는 소리, 허겁지겁 그릇에 입을 갖다 대는 소리를 듣고 배가 많이 고픈 이가 누군지 알 수 있었다. 그래서 아내에게 투덜거렸다. "당신도 밥 좀 천천히 먹어요. 목이 메지 않소. 와구와구 아이들 밥 먹는 소리 좀 들어봐요. 니으, 엄마에게 마실 물 좀 떠다드려라. 이한테 생선 살 좀 발라주고." 언제나 밥을 먹고 나면 그는 자리에 앉아서 가족 모두의 머리를 빗겨주었다. 누군가 그 앞을 지나가다가 장난으로 농을 걸고는 했다. 우와, 두 딸 모두 엄청 예쁜걸. 아저씨 행복하시겠어요. 그는 히히 웃으며 말했다. "애들이 엄마를 닮았어요. 엄마를 닮아서 예쁜 거지, 저를 닮았으면 못생겼을 거예요. 아, 아니지. 바보 같은 소리. 내 자식은 아무리 못난 구석이 있어도 언제나 예뻐 보일 뿐이지요. 마냥 사랑스럽게 보이구요."

항상 다니던 익숙한 시장 몇 군데와 길거리를 돌아다녔는데, 예전처럼 복권이 잘 팔리지 않았다. 그는 밤이 늦어서야 집으로 돌아갈 수 있었다. 그의 목소리는 점점 더 쉬어갔다. 마치 불을 너무 땐 밥솥처럼 부글부글 끓는 소리가 귀에 거슬렸다. 몇몇 술집 앞을 지날 때면, 그를 안으로 들어오라고 술 한 잔 하고 가라고 하는 이들이 있었다. 그는 신중하게 술잔을 들고서 냄새를 맡았다. 그리고 술에 대해 칭찬을 했다. "맛있는 술인 걸? 냄새가 정말 좋아." 그렇게 말해놓고는 마시지 않았다. "지금 내 목소리가 너무 안 좋아요. 내 몸이 건강하지 않은 것 같아요." 라고 말할 뿐이었다.

그의 목소리는 마치 위아래 이빨이 와글와글 서로 싸우는 소리 같았다. 그는 니으에게 아나진[32] 알약을 사오라고 시켰다. 시장의 소상인 아줌마들이 불평했다. "방금 부른 노래는 무슨 말라리아 같아. 〈착한 아내의 옷〉처럼 좋은 노래를 하도 힘겹게 불러대니 '늙은 할망구의 옷'같이 되었잖아." 프엉[33]의 보건소를 지나가다가, 무료 진료를 해준다는 소리를 듣고 니으가 그를 안으로 데리고 들어갔다. 얼마 후, 초음파실에서 나온 그는 몹시 화를 냈다. 얼굴도 파랗게 질리고, 손도 떨었다. "아무 병도 없는데, 왜 만오천 동이나 낭비를 한 거야." 하고 소리를 질렀다.

그는 금방 화를 내고 또 금방 잊었다. 다음 날 그는 두 딸에게 선물을 사주었다. 목욕을 꼼꼼하게 하고 새 옷으로 갈아입으니 둘 다 완전히 다른 모습이었다. "아이고, 장님 아저씨가 보는 눈은 멀쩡하네. 우리한테 장님이라고 거짓말한 건 아니죠? 두 딸 모두 빛이 나네, 빛이." 리에우 아줌마도 역시 칭찬했다.

리에우 아줌마는 박 호아 시장에서 프라이팬을 팔았다. 자식이 없어서 아이들을 좋아했다. 자주 니으와 이의 머리를 쓰다듬으면서 다른 아줌마들에게 이야기했다. "나는 요 작은 자매가 참 좋아. 가난해도 몸가짐이 바르고, 바닥을 구르거나 물건을 차거나 하는 못된 행동을 하지 않아." 니으는 칭찬 듣는 것을 좋아했다. 아빠에

---

32 Anagin : 해열 진통제의 이름이다.

33 한국의 '동'에 해당하는 행정 단위다.

게 말하자, 아빠는 리에우 아줌마가 너를 좋아하는지 아니면 이를 좋아하는지 물었다. 니으는 둘 다 똑같이 좋아한다고 답했다. 나한테 사탕 하나 줄 때면 이한테도 사탕을 하나 주는 걸요. 그는 한숨을 길게 쉬었다. "내가 너무 늙었구나. 더 이상 노래를 부를 수 없어. 아무래도 너희를 기를 힘이 더 이상 없는 것 같다. 차라리 한 명을 다른 사람에게 맡겨야지. 그래야겠어, 그러자꾸나."

리에우 아줌마는 더이 아저씨가 말장난을 하는 줄 알았다. 사람이라면 제 자식을 목숨처럼 소중하게 여기거늘. 자식을 주겠다니 도대체 무슨 말인가. 그가 실제로 그렇게 할지 누가 생각이나 했을까. 리에우 아줌마는 너무도 기뻤다. 시장이 텅 비어도 자신을 기쁘게 해줄 아이가 생긴 것이다. 잠사는 동안에도 아이가 물건을 봐줄 수 있으니 어찌 기쁘지 않으랴. 아줌마는 동생 이를 선택했다. 얼굴이 좀 더 예뻤고, 우울한 얼굴을 한 니으보다는 표정이 밝았기 때문이다. 그녀는 점쟁이에게 좋은 날짜를 받아서 이를 데려왔다.

이가 리에우 아줌마에게 온 날은 이월 보름이었다. 더이 아저씨가 이에게 새 옷을 입힌 후 품에 안고서 머리를 빗겨주었다. 그는 오랫동안 빗질을 했다. 이가 하염없이 슬피 흐느꼈기 때문이다. 그는 물었다. 지금 입고 있는 옷이 무슨 색깔이냐. 딸은 파란색이라 답했다. 그는 슬픔을 억눌렀다. '나는 앞으로 영원히 기억할 것이다. 너랑 떨어져 사는 동안……' 이가 파란색 옷을 입었지만 그는 파란색이 어떤 색인지 알지 못한다. 그는 아내를 불러서 일렀다.

"아이에게 뽀뽀 한 번 해줘요. 이제 곧 우리랑 떨어져 살게 되었으니. 당신이 낳은 아이를 내가 길러주지 못하네. 부디 나한테 화는 내지 말아줘요."

그의 아내는 전혀 화를 내지 않았다. 오로지 니으만이 화를 낼 뿐이었다. 니으는 흐느껴 울었다. "엄마, 아빠, 저는 세상에서 이를 가장 사랑해요." 그는 이를 사랑하지 않는가?

사랑한다. 하지만 그는 확신이 있다. 한 걸음만 디디면 새로운 세상으로 가는 것이다. 그의 아내는 신음을 잘근잘근 토하며, 시장 쪽을 하염없이 바라보았다. 니으는 울음을 그치지 않았다. 그는 니으에게 물었다. "이가 우리를 보고 있니?" "네, 아빠. 동생이 너무 불쌍해요." 가는 길이 울퉁불퉁한 길인지 들리는 발소리가 비틀댔다. 그는 입술을 깨물고 발걸음을 옮겼다.

그러나 여인숙에 돌아와 보니 문 앞에 이가 몸을 웅크리고 앉아 있었다. 그 이후로 딸을 떼어낼 수 없었다. 그는 리에우 아줌마에게 가라고 타일렀으나 딸은 말을 듣지 않았다. 지팡이로 때렸지만, 딸은 이를 깨물며 참았다. 아내와 니으를 데리고 읍내를 몰래 빠져나왔지만, 딸은 어떻게든 알아내서 따라왔다.

칠 년, 딸도 역시 떠돌이 생활 칠 년의 경험이 몸에 익은 것이다. 마지막 방법으로 어느 날 밤, 그는 딸을 자신 앞에 앉혀놓은 다음, 비쩍 마른 어깨를 끌어안고, 가슴 아픈 사연을 들려주었다. 그가 말했다. 너는 내 딸이 아니야. 내가 너를 병원 쓰레기통에서 주웠어. 너를 지금 이만큼까지 키운 건 다른 사람에게 돈 받고 팔기 위해서였어. 리에우 아줌마가 내게 이백만 동을 주었는데 그게 어디 적은 돈이니. 딸은 그가 꺼내 든 돈뭉치를 보고, 얼굴이 얼음처럼 창백해졌다.

다음 날 아침, 그는 이를 리에우 아줌마에게 데려다주었다. 돌아오면서 그는 니으에게 물었다. "이가 우리를 쳐다보고 있니?" 니으는 아니라고 대답했다. 그는 "알았다." 라고 말하고, 딸꾹질을 한 번 크게 한 다음 노래를 불렀다. "똑똑한 아이를 키워도 아무 희망이 없다면, 잘 키워주는 양 엄마가 더 낫지……." 어찌하여 울고 있는 듯 목이 메어오는가.

니으는 자신이 다음 차례가 될까봐 두려웠다. 니으는 정신을 바짝 차리고 살았다. 정신을 바짝 차리면서 아빠를 사랑했다. 밥도 아주 조금 먹고, 낡은 옷만 입었다. 자신을 기르는 데는 돈이 거의 들지 않는다는 것을 증명하려고 했다. 더이 아저씨는 딸의 마음을 이해했다. 딸의 머리에 자주 입을 맞추며 말없이 한숨을 내쉬었다.

리에우 아줌마가 준 돈으로 그는 아내를 입원시켰다. 의사는 아내의 병이 너무 오래되었기 때문에 고칠 수 있을지 확신이 없다고 했다. 그래도 병원에서 얼마간 치료를 하면서 경과를 지켜보자고 했다. 그는 아내를 안아주었다. 병원 앞마당 돌의자에 앉아서 두 손을 잡고, 아내의 얼굴을 하염없이 어루만졌다. "당신은 여기에 있어요. 어서 빨리 병이 나을 수 있도록 노력 해봐요. 다 나은 다음 내게 밥을 지어주어야지요. 그리고 나랑 재미있는 얘기를 하면서 놀아요. 결혼한 이후로 지금까지, 당신은 내게 세심하게 말 한 마디 제대로 해준 적이 없어요. 나는 그게 많이 슬퍼요." 그의 아내는 웃었다.

떠돌이 생활을 하던 온 가족이 이제 둘만 남았다. 깊은 밤 잠자리에 들면서 그는 이불을 끌어다 니으를 덮어주었다. 무심코 그의 손에 딸의 두 줄기 눈물이 묻었다. 딸은 잠들지 못했다. 그가 물었다. "왜 그러니, 배가 아픈 거야?" 딸은 흐느꼈다. "이제 저밖에 안 남았잖아요. 아빠, 저를 어디로 보내지 마세요. 제가 아빠의 길을 안내해주고, 약을 사다 드리고, 복권 파는 일도 도와드릴게요. 그렇게 해주세요. 네?" 그는 알았다고 말했다. 너를 이제 어디에다 버리겠니. 그는 늘 박 호아 시장을 지나갔다. 노래를 부르지도 않고 복권을 팔지도 않았다. 단지 니으를 불러서 이가 지금 무슨 옷을 입고 있는지, 살은 쪘는지 빠졌는지, 머리는 얼마나 길었는지 물었다. 큰딸은 구슬프게 말했다. "동생은 살이 쪘구요. 피부가 우리 집에 있을 때보다 하얘졌어요. 머리는 짧게 잘라서 꼭 남자아이 같아요. 그리고 나를 보고도 못 본 척해요." "아빠가 사준 파란 옷은 입고 있니?" "아니요, 안 입은 지 한참 되었어요." 그는 반가우면서도 가슴이 아팠다. 그렇다면 이제 나를 잊은 거야. 새엄마랑 편안하게 잘 살고 있는 거야. 이제부터 나는 저 아이와 영영 사이가 멀어진 거야.

땡볕의 계절이 다하자, 그의 목은 더 이상 악기로써의 기능이 사라졌다. 심지어 호객 소리조차 할 수 없었다. 그는 니으에게 노래를 부르게 하고 자신은 기타를 쳤다. 딸은 울렁거리는 가슴을 진정시키며 떠듬떠듬 노래를 불렀다. 가엾게도 어린 딸은 재주가 없었다. 목청도 갈라져서 노래에 대해선 기대를 할 수 없었다. 코를 골 때도 목청이 불안한데 노래를 어찌하겠는가. 딸이 갈라진 목소리를 고치기 위해 생 숙주나물을 먹는다고 했다. 그는 울고 싶었다. 타고난 소질 앞에 어쩔 도리가 없었다. 그는 말했다. "애야, 그만두자, 이 일을 그만하자꾸나."

떠돌이 악사의 고통을 충분히 겪고 나서야, 지친 다리를 한없이 끌고 다니고 나서야, 더이 아저씨는 기타와 마이크, 배터리를 팔았다. 그는 딸에게 남방 후 띠에우[34] 식당에서 설거지를 하는 게 어떻겠냐고 했다. 말을 꺼내자마자 딸은 거절했다. 아빠를 집에 혼자둘 수는 없다는 거였다. "예전에는 아빠가 심심할 때 기타라도 쳤지만, 이제는 기타도 없는데 어떻게 지내시겠어요." 하지만 밥을 먹으면서 딸은 생각을 바꿨다. 아빠가 하염없이 마른 눈물을 닦고 있는 모습을 더 이상 지켜볼 수 없었다.

점심때면 채소가 약간 남아있는 고깃국을 들고 아빠에게 가져다주었다. 더이 아저씨는 꾸짖었다. "왜 이런 짓을 하느냐. 주인이

---

34 쌀국수의 한 종류. 일반적으로 외국에 알려진 쌀국수는 '퍼'(Phở)인데, 후 띠에우는 '퍼'보다 면발이 가늘다. 베트남 남부 지역 사람들이 많이 먹는다.

알면 싫어할 거다." 딸은 웃었다. "산 아주머니랑 아저씨가 아빠에게 가져다주라고 한 걸요. 사람들이 저를 아주 좋아해요." 아빠는 말했다. "이 세상에 좋은 사람이 정말 많구나."

어느 날 점심, 더이 아저씨는 딸에게 좀 더 앉아 있다가 가라고 했다. 그는 빗을 꺼내어 딸의 머리를 빗겨 주었다. 딸의 머리는 허리춤까지 내려올 만큼 길었다. 그는 말했다. "네가 올해 열여덟이냐, 스물이냐. 머리가 꽤 길구나." 딸은 웃었다. "예전에 아빠가 머리를 빗겨주고 따주었을 때 솔직히 얼마나 힘들었는지 몰라요." 그는 말했다. "그로부터 참으로 오랜 시간이 흘렀구나." 그리고 그는 탄식했다. "아이고, 네 엄마와 막내딸 이가 어찌나 보고 싶은지 모르겠구나." 딸도 힘없이 말했다. "예전에 우리 가족 모두 참 즐거웠었지요. 그렇죠, 아빠?"

"그래, 즐거웠고말고. 점심때면 장터 한 귀퉁이나 나무 밑 그늘에 가족 모두 둘러앉아 다리를 쉬며 밥을 먹었잖아. 오후에 또 돌아다니려면 낮잠을 좀 자둬야 하는데, 너랑 막내는 낮잠 잘 생각을 안 하고 노는 데 정신이 팔렸지. 막내는 아빠 머리에 새치가 아주 많다고 하면서 "아빠, 제가 새치를 뽑아드릴게요." 라고 말하고는, 뽑은 새치를 아빠의 손에 올려놓았었지. 아이고, 그렇게 가느다란 새치를 녀석이 참 잘 찾아냈어. 눈이 아주 밝았어. 네 엄마는 내 어깨에 머리를 기대고 잠을 자곤 했는데, 아이처럼 해맑고 순수했지." 순간 그는 그때로 돌아가서 다시 살고 싶어졌다. 하지만 그런 추억들이 이미 까마득히 멀어졌다. 그리고 눈에서 완전히 사라졌다. 그는 말했다. "내일 박 호아 시장에 가보렴. 리에우 아줌마에게 이를 잠깐만 보내달라고 부탁해. 아빠가 잠깐 할 말이 있다고. 아빠는 그 녀석이 너무너무 보고 싶구나."

그러나 이는 더 이상 리에우 아줌마 집에 살고 있지 않았다. 아줌마는 녀석이 집을 나갔다고 했다. 니으는 아줌마가 거짓말을 한다고 생각하고는 계속해서 사정을 했다. "제 가족을 불쌍히 여겨주세요. 잠깐만 저희에게 보내주시면 다시는 사정하지 않을게요." 리에우 아줌마는 본래 인자한 사람이었다. 그녀는 니으의 손을 잡고 슬피 울었다.

정말 이상한 일이었다. 이가 집을 버리고 떠돌이 생활을 하고 있다는 건 사실이었다. 이는 오랫동안 아빠와 언니가 시장을 지나가는 모습이 보이지 않자 집을 나가버린 것이다. 더 이상 아빠가 자신을 보고 싶어 하지 않는다고 생각했다. 그렇다면 무엇 때문에 이곳에 머물겠는가.

니으는 집으로 돌아왔다. 그렇지만 집 안으로 들어서지 못하고 집 앞 길목에서 한참을 서 있어야 했다. 어떻게 말씀을 드려야 아빠의 마음이 아프지 않을지 가늠이 되질 않았다. 니으는 아빠의 물이끼 가득 낀 낡은 물건들 앞에서 망설이며 서 있었다. 그런데 갑자기 노랫소리가 들렸다. 세상에나, 엄마의 노랫소리였다. "아아, 종적 없이 사라져버린 말 달리는 기나긴 길. 아아…… 부부의 인연이 있다면, 수천 년의 인연으로 기다려야지.”

니으는 반가워서 문을 밀고 들어섰다. 엄마는 손을 들어서 조용히 하라는 신호를 했다. 그리고 속삭였다.

“큰소리 내지 마. 피곤하지. 잠을 자두거라.”

니으는 달려가서 엄마를 끌어안았다. 니으는 아빠가 자고 있는 줄 알았다. 이가 올 때까지 죽은 척하며 기다리는 거라 생각했다. 니으가 아빠의 갈비뼈를 몇 번 찔렀다. 찌르고 또 찌르고 계속 찔렀다. 하지만 그는 결코 다시는 일어나지 않았다.

아니, 무슨 일을 하고 싶어 이름이 ‘뜻대로의 삶’인가?

까이야

    가무단이 해체되자, 꾸악 푸 탄은 남 뇨 노인을 쓰엉 삼거리로 데려갔다. 삼거리 술집에는 탄이 새로 사귄 애인이 있었다. 그녀의 이름은 지엠 트엉이었다. 말솜씨가 좋은 여자였다. 얼굴이 예쁜 편은 아니었는데 표정은 평온하면서 쌀쌀맞기도 했다. 기쁜지 슬픈지 무슨 생각을 하는지 종종 알 수 없는 표정을 짓곤 했다. 누르스름하게 물들인 머리를 쫑긋 매어놓은 것이 꼭 대나무 뿌리 같았다. 탄과 함께 나타난 노인을 보고 메마른 웃음을 지었다. "빌어먹을 거면서 떼를 몰고 다니네." 탄은 헤헤 웃으면서 답했다. "이름은 남[35], 나랑 같이 있던 분이야. 아주 귀여우셔."

    그날 밤 노인은 잠을 잘 수 없었다. 탄은 한밤중까지 놀다가 들어왔다. 노인은 모기장 밖에서 웅크리고 앉아 담배를 피우고 있었

---

35 남(Nam) 뒤의 뇨(Nhỏ)는 작다는 뜻으로 이름 뒤에 붙은 별명이다.

다. 번뜩이는 담배 불빛이 듬성듬성한 수염을 비추었다. 탄은 신발을 벗으며 물었다. "가무단이 생각나서 잠을 못 주무세요?" 노인은 고개를 가로저으며 한숨을 쉬었다. 나뭇잎 지고 꽃잎 떨어지듯 처량하고 슬픈 표정이었다. 이제 어떤 방법으로 내 딸 까이를 찾을 것인가.

노인은 12년째 딸을 찾아다녔다. 열세 살이었던 까이는 노는 데 정신이 팔려 물소 한 쌍을 잃어버렸는데, 혼날 것이 두려운 나머지 집을 나가버렸다. 온 집안 식구들과 동네사람들이 급히 여기저기를 찾아다녔지만 끝내 찾지 못했고, 집 나간 딸은 영영 돌아오지 않았다. 노인의 아내는 까이의 옷을 끌어안고 울면서 말했다. "까이가 전 남편의 자식이라고 당신이 박대하고 독하게 굴면서 멀리 쫓아낸 거 아니에요?" 노인은 마음이 아팠지만 한 마디 말도 할 수 없었다. 한참을 달랜 후에야 노인의 아내는 진정했다. 지난날 어떤 이들이 '딸이 아빠랑 똑같이 생겼다.' 라고 말해주었을 때 얼마나 기뻤던가(물론 그들이 그저 기분 좋으라고 한 말이라는 것을 알고 있었지만 말이다). 까이가 아빠라고 불러주었을 때 얼마나 행복했던가. 그런 까이가 어디론가 가버렸다. 노인은 까이의 침상을 바라볼 때면 눈물을 주체할 수 없었다. 하루는 모기장을 접다가 구석자리에 앉아 텅 빈 딸의 잠자리를 보니 죽고 싶을 만큼 가슴이 아팠다. 딸이 그립기도 하고, 이 험난한 세상을 떠돌고 있을 모습이 떠올라 또 눈물이 솟구쳤다. 그럴건만 누가 그더러 딸을 사랑하지 않는다고 하는가? 그 정도는 사랑이 아니란 말인가? 온 집안이 슬픔에서 헤어 나오지 못했다. 아무도 그의 얼굴을 쳐다보지 않았다. 서로 웃으며 이야기하지 않았다. 얼마 후, 동네사람들은 노인이 딸을 죽인 다음 어딘가에 묻어버렸다는 소문(누가 그런 엄청난 상상력을 발휘했는지 알 수 없다)을 어디선가 듣고는 그를 의심스러운 눈길로 대했다. 노인은 보자기에 짐을 싸서 집을 나왔다. 까이를 반드시 찾아서 집에 돌아오리라 결심했다.

누가 그 넓이를 상상이나 하겠는가. 바다 같은 인간 세상은 참으로 광대하다. 다리가 아파서 쉬다가 그는 가무단의 잡일꾼 자리를 얻었다. 공연이 펼쳐지기 전에 그는 마이크를 빌려서 몇 마디를 했다. "까이야. 아빠 남 뇨다." 어느 날이나 집이 그리웠던 탄은 노인이 마이크에 쏟아내는 말을 들을 때마다 눈가에 눈물이 맺혔다. 노인에게 말했다. "할아버지와 할아버지 따님이 너무 불쌍해요." 탄이 집을 떠나오던 날, 탄의 아버지는 탄이 두드리고 있던 악기를 빼앗으려 했다. 빼앗기지 않으려고 도망을 치다가 나룻배에 뛰어올랐다. 탄은 아버지를 돌아보며 말했다. "두고 보세요. 저는 유명한 가수가 될 거예요." 아버지는 허공에 몽둥이를 휘두르고 있었다. 그로부터 2년이 지난 지금까지 남 노인과 의지하며 살았다. 그는 유명은커녕 존재감조차 희미했다. 탄은 침울했다. 호치민 시 쩌런 시장 사람들은 그를 홍콩의 유명가수 꾸악 푸 탄이라고 불러주기도 했다. 그는 하염없이 내리는 비를 바라보며 인적 드문 곳에서 노래를 부르곤 했다. 가무단이 공연할 때 입장권 검사를 하다가 동네 깡패들에게 봉변을 당하기도 했다. 탄은 집으로 돌아가고 싶었지만 창피해서 그러지 못했다. 노인은 크크크 웃으며 물었다. "애야, 아직 유명해지지 않았는데, 어찌 얼굴을 들고 돌아갈 수가 있겠니?"

탄과 마찬가지로 남 뇨 노인도 집은 있지만 돌아갈 수 없다. 가슴 찢어지는 심정은 몰라주고, 동네사람들은 수군대며 노인에게 손가락질을 했다. 멀리서 나룻배를 몰고 동네를 오가는 사람까지도 노인을 의심했다. 어디 있어? 딸을 죽인 그 아비놈 어디 있어? 어디야, 어린 딸이 묻힌 곳이 어디야? 사람들이 모여 있으면 장사치들은 야자빵이나 얼음 녹차를 팔면서 노인의 상처를 후벼 팠다. 그렇게 가슴이 아픈데도, 부인의 눈빛을 보노라면 이미 사랑의 감정이 사라졌다는 것을 알 수 있었다. 단지 의심에 찬 어두운 눈빛으로 자신을 바라볼 뿐이었다. 노인이 집을 떠날 때 부인은 한낮의 땡볕 속에서 괭이질을 하고 있었다. 노인이 새로 개간한 땅인데, 사람들은 그 땅 속에 딸이 묻혀있는 건 아닌지 의심했다.

그래서 남 뇨는 쓰엉 삼거리에 계속 거주하며 딸을 찾기로 했다. 노인은 흰개미집처럼 아주 작은 집을 빌렸다. 두 명이 겨우 들어갈 수 있을 정도였다. 노인은 주머니를 탈탈 털어서 확성기 달린 수레를 하나 샀다. 수레에 사탕을 싣고 다니며 팔았는데, 탄을 데리고 다녔다. 낮에는 어시장과 채소시장을 돌아다니며 장사를 했고 밤에는 술집을 돌아다니며 장사했다. 한밤중에 삼거리로 돌아와서 수레를 세워두었다. 노인의 사탕 수레는 탄의 우렁찬 노랫소리 덕분에 금세 유명해졌다. 노래 한 곡을 부르고 다음 곡을 부르기 전에 노인은 아주 구슬프게 '딸을 찾는 방송'을 했다.

쓰엉 삼거리의 수많은 밤들이 '까이'를 부르는 소리로 가슴이 미어졌다. 그 소리는 하늘 한 가운데에서 새가 울부짖는 듯 애절한 소리였다. 지엠 트엉이 투덜거렸다. 술집에 손님이 별로 없어서 가뜩이나 슬픈데 노인이 까이를 하염없이 불러대니 환장할 노릇이었다. 하루는 지엠 트엉이 노인에게 다가가더니 깜짝 놀란 듯이 '아빠'라고 불렀다. 노인은 그 자리에 선 채로 얼어붙었다. 순간 정신이 혼미해지더니 입술이 부르르 떨렸다. 네가 정말 까이란 말이냐? 지엠 트엉이 고개를 끄덕였다. 정말로 네가 까이야? 지엠 트엉이 노인의 손을 붙잡고 눈물을 글썽이며 애절한 목소리로 '아빠'라고 다시 한 번 불렀다. 노인은 그녀의 머리와 어깨를 어루만지며 기쁨을 주체하지 못했다. 세상에 내가 널 알아보지 못했구나. 이렇게나 커버렸으니. 노인은 다시 몇 걸음 물러서서 지엠 트엉을 바라보며 정말로 내 딸이 눈앞에 서 있는 것이 맞는지, 지금 이 순간이 실제인지 생각했다. 하늘을 올려다본 후 탄을 쳐다보면서 노인이 감격에 젖어 웃었다. 입꼬리가 어떻게 일그러지든 상관없이 웃고 또 웃었다. "우와. 까이를 찾았네요. 이렇게 쉽게 찾는 건데……." 12년간 사방을 돌아다니며 찾았는데(억울한 누명과 고통을 견뎌

냈는데), 드디어 이렇게 끝을 맺게 된 것이다. 내일 노인은 지엠 트엉을 데리고 아내가 있는 꼬 짜이로 첫 배를 타고 갈 것이다. 분명 노인의 아내는 문을 열고 나서 이마에 손을 얹으며 물을 것이다. 이 아가씨는 누구죠? 노인은 '까이지 누구겠어?'라고 말할 것이다. 부인은 너무도 감격해서 환호성을 크게 지를 것이다. 그리고 아이처럼 덩실덩실 춤을 출 것이다. 노인은 까이를 데리고 마을을 돌아다니며 자랑할 것이다. "동네사람들, 우리 딸 까이가 돌아왔어요. 우리 딸 많이 컸지요?" 노인은 만족스런 표정을 감추지 못할 것이다(내가 딸을 죽였다고 감히 떠들어대다니).

거기까지 생각하니 눈물이 주르륵 흘러나왔다. 지엠 트엉이 웃었다. 일어나서 손바닥을 탁탁 털더니 말했다. "내가 이렇게 연기를 잘할 줄은 몰랐는걸." 그러고는 몸을 수그려 노인의 눈물 맺힌 눈동자를 깊이 바라보며 뻔뻔하게 안색을 바꾸어 비웃었다. "제가 잠깐 장난쳤을 뿐이에요. 아니 무슨 아버지란 사람이 딸의 얼굴도 못 알아봐요?"

꿈이 산산조각난 뒤, 지엠 트엉은 주위 사람들로부터 내기 판돈을 거두어 들였다. 사람들은 노인에게 어떻게 그렇게 쉽게 남의 말을 믿을 수 있냐고 핀잔을 주었다. 괜히 돈만 수만 동 잃게 되었노라 탓했다. 지엠 트엉이 애처롭게 웃었다. 이미 다 예상하고 있었다는 표정이었다. 쉽게 돈을 벌게 되었지만 만족스런 심사는 아니었다. 남 노인은 창피함을 느끼며 그 자리에 주저앉아 눈물을 닦았다. 허탈한 웃음을 지었다. "어린 녀석이 장난을 아주 깜짝 놀랄 정도로 잘 치는구나." 그는 아직 딸을 바라보던 사랑스런 마음이 다 사그라지지 않은 상태였다. 탄은 남 노인이 당한 끔찍한 상황에 울분이 일어 지엠 트엉의 멱살을 잡고 싶은 심정이었다. 그녀는 아무렇지 않다는 듯 돈을 들어 보이며 쌀국수나 먹으러 가자고 했다.

연기가 끝난 후, 노인은 지쳐 쓰러졌다. 그리고 이틀 동안 쓰엉 삼거리에서 까이를 찾는 확성기 방송을 더욱 애타게 했다. 지엠 트엉은 불만으로 가득 차서 탄을 만났다. 의자를 발로 차고 컵을 던지며 말했다. "노인네 보고 딸 좀 그만 찾으라고 해. 까이는 분명 죽었을 거야. 까이가 미워 죽겠어. 어째서 집을 버리고, 아빠 엄마도 버리고 돌아올 생각을 안 하는 거야. 그런 애라면 길바닥에서 죽어도 싸." 그렇게 말하고는 목이 메었다. "그런데 나는 이곳에 버려진 지 18년이나 되었는데, 아무도 날 찾지 않아." 탄은 그녀의 실상을 알고 나자 역시 슬퍼졌다. 둘은 나란히 앉아서 귀가 멍해지도록 긴 한숨을 쉬었다.

그날 밤, 탄은 누워서 이마에 손을 올리며 말했다. "저는 곧 지엠 트엉과 결혼할 거예요. 처음에는 친한 친구였는데 지금은 진심으로 서로 사랑하게 되었어요." 남 노인이 흥분했다. 그래, 그렇구나. 그 애가 부끄럽지 않도록 결혼식 준비를 잘해야지. 내가 그 애 아빠 노릇을 해주마. 신부 집의 대표를 잘 하도록 하마.

날씨가 한동안 변덕을 부리다가 다시금 건기가 찾아왔다. 사람들이 길가의 갈대숲을 깨끗이 정리했다. 쓰엉 삼거리에 돈이 도는 계절이 찾아온 것이다. 술시중 아가씨 서비스가 있는 술집이 열댓 개 더 늘어났다. 행정관청은 우후죽순으로 늘어난 술집들에 주의를 기울이기 시작했다. 방송국도 거리를 몰래 살폈다. 그러던 어느 날 그들이 몰려와 술집 안에 있는 사람들을 내쫓으면서, 그 모습을 비디오로 촬영하고 사진도 찍었다. 접대원들은 얼굴을 가리고, 머리를 감쌌다. 단지 지엠 트엉만이 태연하게 얼굴을 들고 카메라를 마주했다.

텔레비전에 방송이 되었을 때, 그녀의 얼굴은 가슴 아린 질문을 던지는 표정이었다. 저 여기 있어요. 아빠 엄마 어디 계세요? 저 알아볼 수 있겠어요? 마음이 아프세요? 탄은 사랑하는 애인이 태연하게 다른 남자의 허벅지 위에 앉아 있는 모습을 보고는 너무도 슬퍼서 술을 마시러 갔다. 다음 날 아침 남 노인은 탄의 손에 돈을 쥐어주며 "저 애와 함께 너의 집으로 돌아가거라." 라고 말했다. 탄이 답했다.

"저는 할아버지를 이곳에 혼자 둘 수 없어요."

"그럼 너는 저 애가 저렇게 사는 모습을 계속 지켜만 볼 거야?"

아침에 둘은 손을 잡고 삼거리를 떠났다. 노인은 둘의 모습이 희미하게 사라질 때까지 계속 바라보았다. 그의 마음도 둘을 배웅할 준비를 했다. 서리 바람 가득한 이 거리를 어서 떠나기를 바랐다. 그러나 날이 저물 무렵, 둘은 다시 삼거리로 돌아왔다. 지엠 트엉의 얼굴은 태연했으나 탄은 비통한 얼굴이었다. 탄의 집안 식구들이 모여서 지엠 트엉을 바라보더니 이내 그녀가 어제 텔레비전에 나왔던 여자라는 걸 알아차렸다. 그들은 더러운 직업을 가진 여자가 탄을 꾀어냈다고 생각했다. 지엠 트엉은 그저 웃었다. 고개를 숙여 인사하고는 시내로 가는 배를 타기 위해 나루터로 갔다.

다시 쓰엉 삼거리로 돌아왔다. 집으로 다시 돌아갈 길이 없는 사람들의 자리다. 지엠 트엉은 노인에게 말했다. 너무나 웃긴 거 있죠. 내가 우리 부모님 보라고 텔레비전에 나간 건데, 부모님은 못 알아보고 다른 사람은 그냥 얼핏 보고도 바로 알아차리네요.

남 노인은 침묵했다. 그리고 스스로에게 물었다. 지금 내가 텔레비전에 나간다면 까이가 나를 알아볼 수 있을까? 버려진 과수원에서 망고를 따주고, 바나나 나무로 뗏목을 만들어 타게 해주고, 물소와 놀게 해주고, 연을 날리게 해주었던 나……. 머리가 아프다거나 감기에 걸렸을 때면 등에 업고 여러 들판을 가로질러 늙은 의사에게 데려다 주었던 나. 시장에 다녀올 때면 작은 머리 핀, 동그란 고무줄, 야자 사탕을 주머니에 넣어왔던 나. 그 모든 것들을 내가 확실하게 기억하는 한, 까이도 분명 아직 잊지는 않았으리라. 노인은 집을 나간 어린 딸에게 돌아오라고, 물소는 아무 것도 아니라고 말해야겠다는 생각에 텔레비전에 나오고 싶었다.

하지만 텔레비전 광고는 너무 비쌌다. 더구나 광고 접수실에서 실랑이를 벌여야 했다. 광고 문구를 자신의 뜻대로 관철시키기 위해서였다. "돌아오지 않은 너를 아빠도 물론 그리워한다. 네 엄마는 내게 화를 내고 얼굴도 쳐다보지 않는다." 사람들은 웃었다. 방송국이 무슨 시장 바닥도 아니고 어떻게 아무 말이나 할 수 있냐고. 노인은 화가 나서 휙 발길을 돌려 집으로 돌아왔다. 텔레비전에 나갈 방법을 생각해 보았다. 한 번은 시장 입구에 사탕 수레를 세워놓고, 사람들이 드라마 촬영을 하는 것을 본 적이 있다. 그들은 양쪽 길가를 모두 차지하고 있었다. 노인은 돌연 바구니에 생선과 채소를 담고서 달려갔다. 그는 아주 기쁜 마음으로 화면에 등장할 수 있는 위치를 찾아 이리저리 뛰어다녔다. 그리고 계속 입을 놀렸다. "까이야……."(그러나 드라마 스텝은 그의 소리를 소음으로 처리해 모두 지워버렸다) 노인이 바랄 수 있는 건 텔레비전에 자신의 모습이 나오는 것뿐이다. 하지만 백발머리에다 검게 그을린 야윈 얼굴, 비쩍 마른 몸매, 굽은 허리를 한 모습을 딸이 알아볼 수 있을까. "나는 텔레비전에 나가고 싶지만 나갈 수가 없구나. 나라의 간부들은 계속해서 나오는데 말이야." 그런 현실에 신물이 난 남 뇨는 탄에게 탄식했다. "내가 성청의 당서기장이 되어야겠어." 탄이 소리쳤다. "세상에, 무슨 말씀을 하시는 거예요." 노인은 웃었다. "텔레비전에 나가기 위해서지. 우리 딸 까이에게 분명하게 또박또박 말할 수 있을 거 아니야. 내가 옛날에 있었던 일을 천천히 들려줄 거야." 탄도 역시 웃었다. 인민들을 보살피기 위해서가 아니라 텔레비전에 나가기 위해서 당서기장을 하겠다는 생각을 누가 또 할 수 있을까.

　남 노인과 탄은 초등학교 건물 담벼락에 앉아서 비를 피했다. 하늘에서 쏟아 붓듯이 비가 내리고 있었다. 찬 비가 계속해서 내렸다. 탄은 집의 지붕이 새서 침상이 젖지 않을까 걱정되었다. 집에 갔는데 머리를 받칠 베개도 없고 덮을 담요도 없게 되면 어쩌나. 지엠 트엉이 이런 상황을 알고 집에 가봤을까 아니면 손님 맞느라 바빠서, 시시껄렁한 농담 주고받느라 바빠서(가슴이 아리다), '저와 술 한 잔 더 해요' 하느라 바빠서 못 가봤을까. 탄은 입맛을 다셨다. 너무 슬퍼요, 할아버지. 예술에 빠져 노래에 빠져 이 나이가 되었는데 그저 가난하기만 할 뿐, 하나뿐인 애인조차 보살펴줄 수 없네요. 남 노인은 탄이 눈물 흘리는 것을 바라보았다. 그래, 오늘 밤 나도 역시 아주 고달플 뿐이야. 길 끝에 거의 다다른 듯 말이야. 그곳에 혹시 내 집이 있을까 몰라. 노인은 길게 한숨을 쉬었다. 팔을 집고 일어서며 말했다. 비가 그치려면 아직 먼 것 같아. 그냥 비 맞고 집에 가자.

　그날 밤, 탄은 남 노인을 끌어안고 잤다. 탄은 말했다. 할아버지 너무 마르셨어요. 할아버지 뼈에 제 몸이 다 아플 지경이에요. 노인은 웃었다. 곧 없어질 몸이니까 잘 안고 있어. 탄은 물었다. 그게 무슨 뜻이에요. 노인이 되물었다. 곧 결혼할 건데 나랑 계속 같이 잘 거야? 탄이 웃었다. 노인은 결혼식에 쓸 음식에 대해 소곤소곤 이야기했다. 지엠 트엉을 이 집에 잘 데려오려면 예식을 잘 치러야

한다. 담배 매대를 사서 장사를 하면 어떻겠니. 라고 말할 때 탄은 하품을 했다. 한밤중에 탄은 깜짝 놀라 잠에서 깨어났다. 노인이 보이지 않았다. 탄은 잠을 털어내며 자리에 앉았다. 배 위에서 돈 꾸러미가 떨어졌다. 사탕 수레는 여전히 그대로 있었다. 탄은 문을 열고 밖으로 나가보았다. 쓰엉 삼거리는 불이 꺼져 있었다. 길들이 빗줄기 속에 희미했다. 어디에서부터 시작된 길인지 알 필요 없이, 찰나의 한 순간 바로 눈앞의 모습만 마주할 수 있을 뿐이었다. 탄은 구시렁거렸다. 할아버지는 이 시간에 어디에 가신 걸까.

남 노인은 도둑질을 하러 갔다. 노인은 처량하게 훌쩍이며 빗속을 걸어 거의 오 킬로미터 떨어진 마을까지 갔다. 도살장에 들러 물소 두 마리를 끌고 나왔다. 노인은 자신의 물소를 다루듯 편하게 다루었다. 날이 밝자 노인은 물소를 끌고 다시 원래 있던 자리로 돌아왔다. 무리를 지은 사람들이 앉거나 서서 이야기를 나누고 있었다. 노인은 물었다. 물소 사시겠어요? 제가 돈이 떨어져서 팔러 왔어요. 주인이 뛰어나와 소리를 질렀다. 세상에, 저 자를 잡아요. 당신은 내 물소를 훔쳤소. 노인은 깜짝 놀란 척했다. 하지만 마음 속으로는 자신의 의도대로 되어간다고 생각했다. 천천히 하세요, 내가 도망갈 것도 아닌데 뭐가 겁나세요. 사람들이 노인을 잡아서 읍으로 넘겼다. 읍은 사로 넘겼다. 노인은 계속 당부했다. 꼭 방송 국을 불러주세요. 반드시 제 모습을 찍어서 사람들에게 경각심을 주어야 해요. 다행히 성 단위 방송국이 실제로 내려왔다. 신문기자도 따라왔다. '뻔뻔한 도적'(누구나 그렇게 생각했다)의 잘못을 명백히 밝혀내기 위해서였다. 다른 사람의 잘못을 깨끗이 씻어내는 일은 얼마나 빛이 나는 일인가. 그들은 도살장 주인을 인터뷰했다. 사 경찰서장을 인터뷰했다. 마지막으로 남 노인은 몇 마디 말을 할 수 있게 되었다. 그는 말하기 전에 당부부터 했다. 제발 저의 말을 단 한 마디도 자르지 말아주세요. "까이야, 네 아빠 남 뇨다. 우리 집은 꼬 짜이지. 기억하지? 집으로 돌아와. 네가 무슨 죄가 있다고 혼자서 외롭게 돌아다니니. 네가 제일 중요해. 물소 두 마리가 뭐가 중요 하겠어……. 돌아와, 까이야……."

그 말을 듣고, 그날 그 자리에 있던 많은 사람들이 눈물을 흘렸다. 그렇건만 물소 도둑 사건은 텔레비전에 나오지 않았다. 인생에서 이러한 인심이 오히려 삶을 불편하게 만든다.

그 말을 듣고, 그날 방송국은 소식을 전했다. 그러나 단지 노인이 절망적으로 입맛을 다시는 모습을 볼 수 있을 뿐이었다. 이미 앞에서도 말했듯이 그곳은 방송국이지 시장 바닥이 아니기 때문이다. 어디에서 그 이름을 마음껏 불러볼 수 있을까. "까이야!"

아득한 인간의 바다

　여름이면 피의 집 마당에서 동네아이들이 왁자지껄 뛰어놀았다. 비가 서너 차례 뿌리자 마당은 이내 아득한 물바다가 되었다. 마당가에는 얼룩덜룩한 초록의 부평초, 고수, 라우 무웅이 빼곡하게 자라고 새하얀 새싹들이 기지개를 켰다. 큰 길에서부터 임대주택 지구 쪽으로 아주 작은 오솔길 하나가 있다. 길바닥엔 미끄덩한 이끼를 뒤집어쓴 벽돌들이 깔려있다. 수도 없이 당부했지만, 간밤에 또다시 사우 대오 노인이 미끄러져 넘어졌다.

　피가 집으로 돌아올 무렵, 노인은 부평초 마당에 앉아서 기를 쓰며 버둥거리고 있었다. 피가 물었다. 아이고, 무슨 일로 여기에 앉아계세요. 사우 노인이 이가 모두 빠진 잇몸을 드러내고 웃으며 말했다. "자네가 올 때까지 기다리고 있었지." 피가 노인의 손을 잡아 일으켰다. 그리고는 열 살배기 아이를 들어 올리듯 노인의 몸을 들어서 어깨에 걸쳐 멨다. 노인은 주름이 가득한 얼굴을 그의 머리카락 속으로 파묻으며 말했다.

— 자네, 머리가 너무 길어. 왜 이발을 하지 않는 거야. 젊은 친구가 머리를 이렇게 기르면 너무 지저분해 보인단 말이야.

피는 아무 말도 하지 않았다. 그의 마음이 고요하게 잠겼다. 가슴 전체로 쿡쿡 쑤시는 소리가 울렸다. 어떤 기억이 지금 어느 곳을 요동치게 만드는지 알 수 없었다. 자신의 머리에 대해 이야기하는 사람을 참으로 오랜만에 만났다.

외할머니가 살아계셨을 때, 자신의 목덜미 뒤로 머리카락이 흘러내리면 곧바로 잔소리를 늘어놓으셨다. "이 녀석, 무슨 머리를 불량배처럼 치렁치렁하게 길러?" 피가 웃으며 말했다. "저는 예술가가 될 거예요. 머리가 이 정도는 길어야죠." 할머니가 화를 내며 말했다. "사람들이 예술가를 볼 때 재주를 보고 성품을 보는 거지, 어디 머리카락 따위를 본다더냐?"

피는 더 이상 말대꾸 하지 않았다. 그리고는 금세 어딘가로 뛰어가더니, 머리 집게를 들고 왔다.

결국, 그는 할머니의 말을 듣지 않았던 것이다. 그런데 이제 와서 누구의 말을 듣겠는가.

피는 태어났을 때부터 아버지가 없었다. 전쟁이 끝난 후에 비로소 그의 아버지는 집에 돌아왔다. 서로 떨어져 산 세월이 9년인데, 집에 돌아왔을 때 아내에게 여섯 살이 채 되지 않은 아들이 있었다. 아버지는 몸이 얼어붙었다. 이 밤맘 천의 많은 사람들처럼, 그는 아내가 동네 초소장에게 능욕을 당한 것만은 분명 아니라고 생각했다. 놈이 수시로 왕래하며 끝없이 농을 건 결과, 언제부터인가 서로 사랑하는 마음이 싹 텄을 것이리라. 만약 그렇지 않다면 열 달 동안 배부를 필요가 뭐가 있는가. 피 녀석을 낳을 필요가 뭐가 있는가. 피의 할머니가 말했다. "너희들이 아직 애정이 남아있거든 읍내에서 일 시작할 때 함께 가거라. 피는 나한테 맡겨두고."

피의 엄마는 남편을 따라 삶의 터전을 찾아 나갔다. 피는 할머니랑 살았다. 할머니 주변을 병아리가 어미 따르듯 빙빙 맴돌았다. 피가 하루 종일 혼자 방황하는 것을 보고, 할머니는 그에게 이웃에 가서 놀라고 했다. 피는 고개를 저었다. "어디를 가든 사람들이 밤맘 초소장 히에우 아저씨랑 제가 닮았다고 해요. 저와 히에우 아저씨는 친척이 아니죠?" 할머니는 아무 말도 하지 않았다. 조용히 바구니 위에 걸터앉았다. 마음 속 한 편이 너무 아프고 쑤셨다.

어느 정도 세월이 흐른 후 할머니가 피에게 말했다. 옛날에 네 엄마가 바람을 피웠단다. 슬프냐? 피는 웃었다. 슬퍼하면 뭐하겠어요. 만일 내 얘기로 모든 사람들이 화기애애해지고 즐거워진다면 저도 기쁠 따름이에요.

엄마는 피를 자주 보러 왔다. 혼자 와서 분주하게 움직였다. 아무 일을 하지 않을 때도 분주했다. 언제나 역시 허둥대면서 피를 가슴으로 끌어당겨 품으며 물었다. 용돈은 있니? 공부는 요즘 어때? 할머니를 힘들게 하지는 않니? 왜 이렇게 말랐어? 그러다가 나중엔 차츰차츰 용돈에 대해서만 물어보았다.

　중학교를 마친 후, 피는 읍내로 나가 학교 주변 여관에 기숙했다. 1년에 몇 번 엄마가 학부모 회의에 참석했다. 피의 아버지는 회의와 업무의 연속이었다. 피와 아주 가끔 마주치곤 했다. 아버지는 변화가 많았다. 상좌[36]가 되었고, 용모와 업무 태도가 바뀌었다. 그러나 피를 만날 때면 여전히 시선이 예전과 다름없었다. 냉담하고, 씁쓸한 표정에, 맵고 쓰라리게 비웃고 놀렸다. 아버지는 결코 피를 아들로 대하지 않았다. 그는 엄마에게 피에 대해 나쁘게 말했다. "너무 느려터진 녀석이야. 누구를 닮은 건지 도무지 모르겠어." 피는 공부를 하면서 아르바이트를 했다. 엄마가 꾸짖었다. "엄마가 너를 뒷바라지 못하는 것도 아닌데 왜 그래?" 피는 웃었다. "엄마는 다른 여러 동생들을 길러야지요. 걔네들을 더 많이 공부시켜야지요. 저는 혼자 알아서 살 수 있어요. 생후 3개월, 뒤집기를 할 때 엎어진 채로 버둥거려도 할머니께서 도와주지 말라고 하지 않으셨나요? 나중에 스스로 무슨 일이든 할 수 있게 말이죠." 그러다가 피는 학교를 그만 두고, 가무단을 따라다녔다. 엄마는 너무 속이 상해 격분했다. "아빠가 부주석 자리까지 올랐는데, 너는 왜 그따위로 살아. 편한 자리를 찾아봐야지, 어디 악기를 매고 노

---

36 베트남 군인과 경찰의 계급 체계 중 하나다. 상좌는 대좌와 중좌 사이의 계급으로, 한국의 대령과 중령 사이의 계급이다.

래를 부르며 떠도는 짓을 해. 다른 일도 아니고 이런 일을 하면 네 아빠 얼굴에 먹칠하는 거야." 단지 할머니만이 피를 꾸짖지 않았다. 할머니가 물었다. "그런 일을 하는 게 재미있니? 속이 편한 거지? 맞아, 예전에 네 엄마가 너를 둑방에서 낳았단다. 정신을 차리고 눈을 떴을 때 드넓은 하늘이 보였지. 그런 네가 지금 어딘가에 묶인다면 어떻게 견딜 수 있겠니." 피는 웃음을 보일 뿐 아무 말도 하지 않았다. 봉 짬 까일릉 극단에서 지낼 때 아주 즐거웠다. 병사 역을 맡을 때도 즐거웠다. 그리고 극단이 해산된 뒤, 악극단 쪽에서 피를 받아주었다. 햇볕이 쨍쨍한 계절에는 시골로 가고, 비 내리는 계절엔 도시로 갔다. 악극단 동료들이 피를 끌어들여 거리를 떠돌며 노래했다. 술집, 식당 그리고 장례식, 결혼식에서 쇼를 했다⋯⋯. 단지 가련한 것은 사탕 바구니를 끌어안고 시장 바깥 초입에 서서 노래를 부르며 호객을 해야 한다는 것이었다. 처음에는 부끄럽고, 아주 비참한 마음이 들었다. 하지만 지금은 안할 수 없는 일이 되어버렸다. 자립할 수 있을 뿐만 아니라, 자유롭게 살 수 있기 때문이다. 또한 노래는 시름을 덜어준다. 매일 밤 3만 동 정도 번다. 마을에서 노래 요청이 들어오지 않은 날에는 오후 3시에 악기를 매고 식당가로 가서 노래를 부르고 새벽 2, 3시경에 돌아온다. 돌아올 때는 술에 취한 상태가 된다. 테이블을 돌 때마다 손님들이 맥주를 주고 보드카를 준다. 두 가지 술이 섞이니 취할 수밖에 없다. 자신의 어수선한 둥지 속에서, 피는 다음 날 점심까지 파

묻혀 잔다. 할머니는 그에게 결혼하라고 줄기차게 이야기했었다. 하지만 피는 오래 생각한 끝에 결혼을 포기했다. 누가 나 같은 떠돌이 술꾼을 남편으로 삼겠는가. 아주 어린 핏덩어리 시절부터 나는 얼마나 많은 사람을 힘들게 만들었나. 지금 아내를 맞이한다면 또 한 명의 사람을 더 힘들게 만드는 것이 아닌가?

그래서 할머니가 땅속에 드러누우면서 대리석으로 만든 귀걸이 한 쌍을 손주 며느리에 주려고 남겨주셨는데, 여전히 그것은 제단 서랍 속에 조용히 잠자고 있다. 여전히 혼자일 뿐인데, 그의 삶은 어수선하다. 서른세 살 나이에 어수선하다. 서른세 살 나이에 여전히 계속 가난하다. 비가 많이 내린 날에 잠에서 깨어서 보면 신발이, 빨래를 하려고 놓아둔, 깨진 플라스틱 대야가, 어디에 있는지 보이지 않는다. 찾아보면 물 위에 둥둥 떠다니고 있다. 부평초가 물살을 따라 침상 다리에까지 떠다닌다. 집 꼬락서니를 보며 피는 스스로에게 물었다. 내가 언제부터 이렇게 정신없이 살게 되었는가. 언제부터 바람과 먼지, 가혹한 고난 속에 살고, 난잡하게 아무 거나 입고 먹고, 찢어지고 구멍 뚫린 두꺼운 바지와 쭉 늘어진 얇은 티셔츠를 입고, 초췌한 수염, 긴 손톱, 긴 머리로 살게 되었는가. 언제부터 거울을 보고 싶을 때면 마치 사람들이 가시나무 덤불을 한쪽으로 쓸어내듯, 머리와 수염을 한쪽으로 쓸어내며 보게 되었는가.

모르겠다. 누가 있어 꾸짖기를 하나, 누가 있어 신경을 쓰나. 엄

마조차 아주 오랜만에 나타나서 용돈이 충분한지만 묻는다. 그녀
는 자식을 보면서도 먹고 입는 것, 머리칼과 같은 행색에 전혀 관
심이 없다. 바깥에 나가면 단지 사우 대오 노인만이 그에서 가끔
잔소리를 할 뿐이다.

　사우 노인은 피의 집 바로 옆집[37]에 세 들어 이사 왔다. 노인도 마
찬가지로 가난하다. 이사 왔을 때 살림은 단지 종이상자 네 개에
담을 수 있을 정도였다. 이사 오는 길에 어딘가에서 모기장과 이
불, 옷이 든 상자를 잃어버려 옷이라곤 지금 입고 있는 옷 딱 한 벌
밖에 없다. 누구나 처지를 딱하게 여겼다. 하지만 사우 노인은 손
바닥을 털며 웃었다. "괜찮아요, 사람만 멀쩡하면 됐어. 이 녀석을
잃지 않은 것도 정말 다행이고." 노인은 파란 천으로 덮인 새장을
가리켰다. 천을 걷어내니 회색 날개를 제외하고 온통 검정인 빔 빔
이 보였다. 어린아이들이 모여들어 서로에게 떠들어댔다. "이상한
걸요. 쟤가 어떻게 노래하지요?" "아니야, 빔 빔이 무슨 노래를 해.
녀석은 우는 거야. 녀석의 소리는 목구멍에서 나오는 거야." "녀석
의 목소리는 아주 따뜻하지. 소리가 가슴에서부터 우러나오니까.
다른 새들은 주둥이를 벌리고 짹짹 노래할 뿐, 어디 진심이 담겨
있어야지." 노인은 말을 멈추고 침을 삼켰다. 목청을 낮추고 말했

---

37 베트남 주택은 프랑스 식민지 시절부터 이웃이 서로 벽을 공유하는 경우가 대부분이다. 같
　은 프랑스 식민지였던 라오스, 캄보디아 역시 집이 서로 붙어있다. 얇은 벽 하나를 사이에
　두고 살고 있기에, 텔레비전, 라디오 소리뿐만 아니라 각종 생활 소음이 고스란히 옆집에 전
　달된다. 마음만 먹으면 이웃에게 벽을 쿵쿵 손으로 두드린 다음, 큰 소리로 말을 건네는 것
　으로 의사전달이 가능하다.

다. "사람도 역시 마찬가지야." 어린아이들은 안절부절못하며 오래도록 새가 울기를 기다렸다. 한참 만에 빔 빕이 울자, 아이들이 시무룩해졌다. "어떻게 우는 소리가 하늘을 뚫을 만큼 처량하지." 노인이 만족에 겨워 하하 웃었다. "슬프냐, 암 슬프지 어디 안 그렇겠냐. 하늘이 저 녀석에게 눈물에 겨운 붉은 눈을 주었는데, 어찌 슬프지 않을 수 있겠냐?"

어느 날 피는 잠에서 덜 깬 상태로 조용히 일어나 오후의 햇살 속에 아득하게 울려 퍼지는 구슬픈 빔 빕 소리를 들었다. 할머니 집의 푸른 야자나무가 문득 떠올라 애달팠다. 그때, 노인은 쭈글쭈글한 반바지를 입고 앉아서 말똥색 카키복을 빨고 있었다. 웅크린 작은 몸집으로 입맛을 다셨다. "하늘의 아들인 이놈이 이렇게 운다는 건, 지금 물이 썰물이 되어 빠져나간다는 거야. 3월의 물이 그렇지. 녀석이 강을 떠난 지 오래됐어. 자네도 고향이 그립지?" 피가 고개를 끄덕였다. 노인이 피에게 말했다. "그렇다면 조금 있다 우리 집으로 와서 몇 잔 걸쳐봐." 피는 주저하지 않고 초대에 응했다. 사람들은 가장 슬프고, 가장 고독할 때가 잠에서 깼을 때라고 한다. 그리고 하늘에서 바싹 메마른 땡볕이 쏟아져 내릴 때 어디로 가야할지, 어디로 돌아가야 할지 모를 때라고 한다.

사우 노인의 집에는 술이 항상 있었다. 노인은 자신이 알코올중독이 아니라, 친한 친구와 조금씩 즐기기 위해 비축해 놓은 것이라고 했다. "자네가 놀러오는 게 좋아서 초대한 거지." 몇 잔을 주고

받은 후 노인이 물었다.

— 자네는 지금 마음속이 아픈 거지, 그렇지? 아픈 사람만이 이렇게 조금씩 끊어 마시지.

피는 웃었다. 그는 본래 말 수가 적다. 게다가 주절주절 자신의 이야기를 늘어놓는 걸 좋아하지 않는다. 노인은 강요하지 않았다. 노인은 팔수록 깊어지는 호수 같은 슬픔을 말했다. 역시 조금씩 마시면서 슬픔에 젖어들었다. 그리고 어느 정도 술이 들어가자 노인은 잔을 두드리며 노래를 불렀다. "빔 밥이 큰물을 부르네 그대여, 장사꾼은 말이 없네……. 장사꾼은 말이 없네. 노 젓기에 지쳐가네." 노인의 목소리는 우는 듯해서 코가 찡해지는 소리였다. 노인은 텅 빈 마당을 돌아보며 혀를 찼다. 내일 아침까지 빨래가 마를지 모르겠네. 피는 자신의 집으로 건너가 노인을 위해 바지 몇 벌과 윗옷을 골랐다. 그리고 노인의 집으로 다시 건너갔을 때 노인은 눈앞에 옷을 걸어놓고 술을 마시면서 부채질을 했다. 마치 애인을 달래듯 엄숙하고 부드럽게 부채질을 했다.

다음 날 아침, 피가 자고 있을 때 사우 노인이 벽을 두드렸다. "이리 건너와 봐, 자네가 이 귀한 녀석을 돌봐줘." 갑자기 잠에서 깨어나 울적해 하고 있는데, 그것은 꿈결에 들은 지붕의 빗방울 소리 같기도 했다. 피는 누군가 자기를 불러 정신을 차리게 해주었으면 했다. 감정이 차분히 가라앉은 후 건너가 보니 노인이 이미 집을 비운 뒤였다.

사우 대오 노인은 복권을 팔았다. 저녁에 식당에서 피와 마주치기도 했다. 궁금한 것은 노인이 왜 신발을 말리면서 비에 젖게 두는지, 음식물을 제대로 덮지 않아서 고양이가 생선튀김을 다 먹게 하는지, 그리고 생선 대가리를 물고 이집 저집을 돌아다니게 하는지 였다. 하지만 묻지 않았다. 피가 노래를 부를 때면 언제나 노인은 선 자세로 그가 하는 노래를 끝까지 들었다. 박수를 친 다음, 팁을 주었다. 두 손가락 사이에 지폐를 껴서 그의 눈앞에 흔들어대는 방식이 아니라, 겸손하게 주머니에서 2천 동짜리 지폐를 꺼내 피의 주머니에 넣고 주머니 단추를 조심스레 닫아주었다. 예술가를 존중하는 정중한 모습이었다.

날씨가 갑자기 변해, 사우 노인은 몸이 아프고 쑤시다고 탄식했다. 피가 노인의 몸을 마사지해주었다. 쪼그라들고 작은 몸뚱이 위로 갈비뼈가 툭 불거져 있었다. 피가 얼떨결에 말했다. "사우 할아버지 너무 말랐네요." 사우 노인이 웃었다. "몇 번이나 죽으려고 했지. 그런데 인생의 빚이 남아서 말이야. 빚은 반드시 갚고 나서 어디든 가야지. 첫째는 이 귀한 짐승 때문이야. 불쌍하지." 노인은 말했다. 빔 빕을 누군가에게 주려고 한 적이 있지. 그 사람도 아주 친절한 사람인데 말이야. 술자리에서 적당히 알딸딸한 기운에 담근 술에 대해 얘기를 나누었지. 바나나 열매로 술을 담그면 취할 때가 언제인지 모른다고. 그런데 그 사람이 시비를 걸었어. 빔 빕으로 술을 담가야 비로소 맛있는 거라고. 그래서 주지 않앉어. 그 다음에 아주 부자인 간부가 나한테 복권을 산 다음, 빔 빕에 대한 얘기를 듣고는 달라고 하더라구. 그래서 가져다주었는데, 일주일 내내 녀석이 어떤 소리도 내지 않아서 내가 보러갔을 때 녀석이 나를 아주 비통하게 바라보는 거야. 그래서 다시 달라고 해서 가지고 왔지. 녀석처럼 촌스러운 것들은 집에 오래두면 소리를 못 내게 되지. 노인이 말했다. "혼자 사는 게 너무 슬프지. 자네도 무슨 동물을 키워보는 게 어때. 처자식이면 아주 좋고. 만약 아직 그럴 생각이 없다면 개나 고양이, 새를 길러봐. 까치는 결국 이별하게 되지. 녀석은 새장을 곧잘 탈출하고, 요절하지. 평범한 것을 찾아 길러보는 게 좋을 거야. 고향을 추억하기 위해, 나의 뿌리를 기억하기 위해. 어딜 가든 꼭 집에 돌아오고 싶어 하기 위해. 나처럼 말이야. 많은 순간 이 빔 빕을 시중들 때 늙은 마누라를 돌보듯이 즐겁지." 노인은 어디로 복권을 팔러가든, 틈틈이 집에 들러보았다. '귀한 놈'에게 작은 생선 몇 마리를 던져주고는 인사하고 헤어졌다. "아빠 간다." 비에 젖은 채로, 노인은 두꺼비를 찾거나, 회색도마뱀을 찾아서 놈에게 먹이로 주었다. 기쁘거나 슬프거나 언제나 둘은 아빠와 아들 사이였다. 빔 빕이 밤새 울 때가 있었다. 빔 빕 짧은 소리가 졸음에 겹기도 했다. 노인은 피에게 말했다. 녀석이 강을 그리워하는 거야. 언제나 강이 그리울 때면 항상 이렇게 울었지. 노인이 말했다. 어렸을 때, 노인은 강 위에서 살았다. 노인은 작은 배가 있었다. 젊은 시절 두 부부는 이 마을 저 마을을 떠돌

146

앉다. 수확 철이 되면 수확에 참여하고, 오리 떼가 사는 곳을 옮길 때면 오리 나르는 일을 하고, 호박 화전 밭에서는 호박을 사서 까마우 수상시장에 내다 팔았다. 물이 올라올 때 장대를 꽂아서 밥을 짓다가 빔 밥이 울면, 작은 배를 나루터에 묶었다. 비록 가난한 삶이지만 생활은 아주 즐거웠다. 피가 물었다. "사우 할아버지, 아내 분은 어디에 있나요?" 노인은 낮게 신음했다. "자네가 마사지를 세게 해서 너무 아프군." 노인이 뒤로 돌았다. 얼굴에서 눈물이 흘렀다. 피는 깜짝 놀라, 당황해서 물었다. "제가 할아버지를 너무 아프게 했나 봐요. 어디가 아프신 거죠?" "그래, 여기야. 자네가 내 아픔을 어떻게 사라지게 만들겠나." 노인은 입을 삐죽이며 가슴을 가리켰다. "아내는 떠났네. 사는 게 너무 힘들어서 가버렸지. 강가로 올라가 그 어떤 작별인사도 없이 떠났지. 그 순간 나는 어이없게 너무도 술에 취해 있었네. 세 살이 채 안된 아들이 홍역을 앓다 죽어서 속상한 마음에 아내에게 몇 마디 욕설을 했는데, 너무 심했지. 내가 잠에서 깼을 때, 그녀는 이미 떠나버린 후였어. 내가 사십 년 가까이 찾아다녔는데, 서른세 번을 이사하면서 두 다리가 망가지도록 허우적대었는데, 아직 찾지 못했지. 그런데 찾으면 뭐하겠어? 지금에 와서 미안하다고 해봐야 뭐하겠어. 마냥 찾다가 못 만나는 꼴도 그렇지만 더 무서운 건 말이지, 내 눈이 좋지 않아서 보고도 아내를 알아보지 못하는 건 아닌가 하는 거야. 죽을 때까지 만날 수 있으려나 모르겠지만." 사우 노인은 말을 멈추고 손으로 눈물을 닦았다. "이 빔 빕도 몇 번이나 나를 떠났다가, 잠을 자고 나면 야자나무 가지 위로 돌아왔지. 그런데 아내는 왜 돌아오지 않는 걸까?" 피는 모른다. 알지 못한다.

알 수 없기에 노인은 답을 찾으러 다녔다. 어느 하루 식사 자리, 피와 헤어지는 자리에서 노인은 자몽 술을 꺼내놓았다. 노인은 여기에 온지 1년 2개월 19일 되었다고 했다. 이 골목 저 골목 샅샅이 다녀보았지만 사랑하는 사람이 어디에 있는지 아직 보지 못했다고 했다. 피는 노인에게 어디로 가느냐고 물었다. 피도 목소리가 떨렸다. 사우 노인이 웃었다. "자, 한번 보자구. 어디든 안 가본 곳이 있으면 가는 거고, 아직 이 몸이 살아있다면 계속 찾아봐야하는 거지. 내가 자네에게 한 가지 부탁할 게 있네. 자네가 이 귀한 녀석을 보살펴주게. 내가 너무 쇠약해졌어. 길에서 갑자기 쓰러져 죽을까봐 두렵네. 하늘이 내려준 이 녀석을 아무도 돌봐줄 사람이 없어. 내가 자네를 아주 많이 믿으니까, 내 부탁을 저버리지 말게." 피는 알았다고 대답했다. 노인은 몇 차례 당부를 반복했다. 빔 빕이 아주 잡식성이라, 부패한 생선, 죽은 생선도 좋아하네. 자네는 녀석이 배가 아플지 걱정하지 않아도 되네. 조상으로부터 물려받은 미식가네. 부패한 음식에 대해 불쾌하게 여기지 말게. 무엇을 먹든 녀석은 소리를 잘 낼 거야. 마치 우리 사람들처럼 말이야. 서로 바라볼 때 좋은 눈으로 바라보게. 곧 녀석이 알을 낳을 거야. 자네는 그걸 숨겨 놓아야해. 녀석이 고아인 알을 보면 한탄을 하거든. 노인과 피는 뒤뜰에 앉아서 얘기했다. 밝고 둥근 달 아래서 노인이 말한 적 있다. 가장 행복한 것은 달 아래서 술을 마시는 것이라고.

— 어서 마시게, 슬플 게 뭐가 있나, 우리 다시 만날 인연이 있을 거야. 얼마나 기쁜지 알고 있나? 당부하는데 자네 결코 너무 취하지는 말게. 단지 서글픈 사람들이 취하도록 마실 뿐이야.

노인이 가고 나서, 빔 빕이 피의 곁에 남았다. 녀석은 계속 조바심을 치며 주둥이로 여린 대나무를 쪼아댔다. 녀석이 배고픈 줄 생각했다. 피가 뱀을 잡아서 녀석에게 먹이로 주었는데, 녀석은 아무것도 먹지 않았다. 밤새 녀석은 가슴이 미어질 듯한 소리를 질렀다. 빔 빕 울음소리가 락 주아 마을 안으로 조그맣게 가라앉고, 피처럼 방울방울 떨어졌다. 피가 새장문을 여니 빔 빕은 날개를 떠들썩하게 펄럭이며 새장에 부딪혔다. 서서 그를 바라보는 눈이 아주 슬펐다. 어째서 아저씨가 여기 앉아있는 거예요, 우리 아빠는 어디에 갔나요. 아빠는 내가 슬픈 것을 알기에 당신을 여기에 남겨 둔 건가요. 하지만 몸집 작은 노인이 슬플 때면, 누가 밀물이 크게 올라올 거란 소리를 들려주죠?

그때 이후로부터 사우 대오 노인은 아직 것 한 번도 피의 집에 찾아온 적이 없다. 바로 그때부터 아득한 인간의 바다 속에서, 피는 수많은 얼굴을 마주하고 사귀었다. 함께 그들과 농담하며 웃었다. 그들을 위해 노래를 부르고, 취할 때까지 함께 잔을 부딪치며 마셨다······. 하지만 아무도 피에게 머리를 깎으라는 말은 하지 않았다.

인간의 바다는 그렇게 아득하다······.

미에우 나루터

르엉은 열두 살이 되던 해에 나룻배를 임대했다. 그의 집은 가난했다. 그에게는 단지 강가에 누더기나 다름없는 오두막 한 채 달랑 있을 뿐이다. 나룻배를 부리기 시작한 날부터, 르엉은 배에서 먹고 잤다. 그러다 보니 그의 오두막은 강물 위에 하루 종일 저 혼자 요동치며 황폐하게 버려졌다. 앙상한 몸에는 예전에 나루터에서 잔심부름하던 시절부터 입었던 기름때 잔뜩 묻은 바지 하나 걸치고 있다. 르엉은 아빠도 없고, 엄마도 일찍 죽었다. 그래서 고무줄 늘어난 바지를 아무도 수선해주지 않는다. 바지가 흘러내릴 때마다 노를 겨드랑이에 끼고 위로 추켜올렸다.

지금도 몇몇 기억력 좋은 사람들은 어린 시절 르엉의 모습을 끝없이 입에 올리곤 한다. 지금 르엉은 서른한 살이다. 그는 지금까지 모두 아홉 척의 배를 몰았다. 더우 도 나루터에서 미에우 마을로 이사 오게 되었고, 배 주인이 네 번 바뀌었지만 르엉은 여전히 가난했다. 르엉은 비록 가난하고 고생스럽지만 자신의 삶을 즐겼다. 미에우 마을에서 시장부두까지 하루에 백여 차례 오가면서 강물 위에서 노를 저으며 그는 삶의 다양한 변화를 목격했다. 미에우 마을 사람들이 늙어가는 모습, 꼬맹이 녀석들이 커서 결혼을 하고, 그들이 아이를 아주 많이 낳고, 또 그 아이들이 커가는 모습을 보았다……

단지 자신만이 결혼도 하지 않고 홀로 늙어가고 있었다. 누군가 르엉에게 왜 혼자 사냐고 물으면, 그는 단지 씨익 웃을 뿐이다. "나같이 못난 놈을 누가 좋아 하겠어요……" 르엉은 정말 못생겼다. 키도 작고, 삐쩍 말랐다. 큰 머리통에 숱이 많은데 머리칼이 뻣뻣했다. 피부는 새카맣게 그을렸다. 게다가 한쪽 눈이 사팔뜨기였다. 다들 웃으며 말하곤 했다. "야 이놈아, 너는 노를 저으면서 앞쪽은 안 보고 어디 엉뚱한 곳을 보는 거야?" 르엉은 화를 내지 않았다. 고아로 자란 왜소한 몸에 가난한 빈털터리가, 그런 말에 화를 내면 어떻게 삶을 이어갈 수 있겠는가. 온종일 그는 입을 크게 벌리고 웃었다. 자세히 알 수 없지만 별일 아닌 일에도 즐거운 표정을 지었다. 르엉은 눈과 몸이 따로 노는 자신의 상황을 즐겼다. 사람들이 그를 쳐다보고 있는 것은 알 수 있지만, 그가 다시 쳐다보면 사람들은 그가 어디를 보고 있는지 전혀 몰랐다.

봉도 르엉이 자신을 쳐다보고 있는지 몰랐다. 봉의 집은 미에우 마을, 띠에우 묘지 가까이에 있다. 르엉은 봉이 초등학교를 다니던 시절부터 알았다. 봉은 강으로 다니는 것을 좋아했다. 그녀는 언제나 르엉에게 간식 사먹으러 갈 건데, 주인 몰래 태워달라고 부탁했다. 그녀는 뱃머리에 앉아 강물에 발을 담그고 물장구를 쳤다. 어느 날이나 봉은 오리털 천으로 만든 하얀 옷만 입었다. 노란 얼룩이 져 있는 그녀의 옷은 폭이 넓게 늘어나 있었다. 학교를 마치면, 봉은 친구들과 재잘거리며 1킬로미터 정도 걸어가 나루터에서 허드렛일을 하다 집에 와서 밥을 했다. 그녀의 엄마에게는 아주 낡은 배가 하나 있었는데, 엄마는 배 양쪽으로 양어장처럼 그물을 쳐서 플라스틱 병을 건지는 일을 했다. 병을 건지려면 헤엄도 쳐야 했다. 그녀의 아버지는 술 마시는 게 일이었다. 술 마시고 돌아와서는 엄마를 때렸다. 점점 나이가 들면서 봉은 배에 탈 때마다 늘 하던 물장구치기를 그만두고 그저 앉아서 먼 곳을 응시했다. 투 강의 물살은 밤 삼거리에 다다르면 갑자기 아픈 듯 뒤틀리며 소용돌이를 친다. 간 하오의 평화로운 물살이 드넓은 바다로 나갈 때마다 겪는 일이다.

봉은 아주 빠르게 컸다. 봉이 크는 것과 무슨 관계가 있는지 모르지만, 손님이 없을 때면 르엉은 저절로 자신의 몸을 강물에 자주 비추어 보곤 했다. 르엉은 뱃머리에 앉아서 얼굴의 여드름 몇 개를 더듬어 찾았다. 르엉은 나루터 주인 뜨 아주머니에게 한탄했다. "저는 왜 이렇게 시커먼가요. 어떻게 하면 하얗게 될까요?" 뜨

아주머니가 웃었다. "아이고, 그걸 어째 알겠니? 결혼이 하고 싶은 모양이로구나? 너는 돈을 모아야해. 그러면 곧 아내를 얻을 수 있을 거야. 여기 나루터에서 돈벌이를 해봐." 나루꾼의 무심한 사팔 뜨기 눈은 다른 곳을 보고 있지만, 다른 쪽 눈은 불을 켜듯 깜박거렸다. 무슨 상관이 있다고 르엉이 봉을 떠올리는가.

봉이 학교를 그만 두었다. 학교를 그만 둔 마지막 날, 미에우 나루터에서 봉은 뭍으로 내리려 하지 않았다. 그녀는 르엉에게 몇 번 더 태워달라고 부탁했다. 내일부터는 학교를 가지 않을 테니까. 봉이 말한 내일이 되자, 봉은 다시 배에 탔다. 하지만 그녀는 배에 타자마자 울었다. 봉이 울었다.

봉은 어제의 봉이 아니었다. 아침에 그녀는 누더기 같은 옷을 입고 시장에 가서 텅 빈 들판을 한없이 바라보았다. 오후에 배에 오를 때, 그녀는 짧은 치마에 아오 이엠[38]을 걸치고 있었다. 어깨에 헐겁게 걸쳐진, 아주 가느다란 두 끈이 느슨하게 걸쳐진 옷이 너무 쉽게 미끄러져 흘러내렸다. 르엉이 입을 크게 벌리고 웃었다. 다들 너무 예쁘다 칭찬하겠는 걸. 봉이 르엉을 한 번 쏘아보고 나서 고개를 돌렸다. "예쁘긴 뭐가 예뻐. 내가 어디 이런 옷이 좋아서 입은 줄 알아?" 봉은 뭍에 오르면서 배를 발로 걷어찼다.

---

38 본래는 베트남 전통 옷의 하나로, 마름모꼴 천에 끈이 두 개 달린 윗옷을 가리키는 말이다. 더운 날씨인 데다가 옷감이 귀했기에 어깨와 등은 노출한 채 가슴과 배꼽만 가릴 수 있는 정도의 크기로 만들어졌다. 오늘날은 노출이 심한 옷을 가리킨다. 술집의 여성종업원들이 주로 입는다.

다음 날 봉의 동생들이 새 옷을 입고 학교에 갔다. 봉의 엄마는 골목을 누빌 수 있는, 고기 바게트 파는 손수레를 샀다. 봉의 아버지는 술을 마시고 와서, 깊은 잠에 빠져 들었다.

마을 사람들이 배에 오르자마자 봉에 대해 입방아를 찧었다. 봉이 다릿가에 있는 '우울한 밤' 술집에서 맥주를 판다고 했다. 오후 네 시에 르엉은 봉을 시장까지 태워주었다. 봉이 말했다. 아직 가게에 손님이 올 시간은 아니야. 그런데 주인아주머니가 술집 앞 돌의자에 이 헐거운 옷차림으로 앉아있으라고 하는 거야. 한 무리의 어린 아가씨들이 구름이 흘러가는 것, 바람이 부는 것, 차들이 지나다니는 것을 감상하는 척하는 거지. 실은 손님을 부르기 위해 내숭을 떨고 있는 거야. 봉은 새벽 두세 시에 돌아왔다. 흐트러진 옷차림에 머리칼은 연지와 분이 범벅된 얼굴에 달라붙었다. 취하고 졸려 흐리멍덩한 두 눈, 몸에서는 맥주 냄새가 진하게 풍겼다. 봉이 가까이 앉기라도 하면, 르엉은 숨 한 번 들이키는 것만으로도 취할 정도였다.

르엉은 언제나 강 위에서 밥을 먹고 잠을 잤다. 그래서 강가 쪽 세상을 모른다. 사람들이 봉의 인생을 어디로 어떻게 떠밀었는지 모른다. 하지만 어쨌든 그가 알고 있는 밤 삼거리의 아프게 뒤틀리는 물살처럼 봉이 몸부림을 치고 있는 것만은 분명하게 보였다.

하루는 봉이 속옷에서 한줌의 돈을 꺼내더니, 손으로 펼친 다음 르엉의 얼굴에 대고 펄럭펄럭 부채질을 했다. 봉이 쓰라린 웃음을 지었다. "내가 부자가 다 되었네." 그녀는 르엉에게 계속해서 노를 저으라고 했다. 이 밤 내내 노를 저으라 했다. 르엉은 시장 양쪽 강변에서 비추는 불빛을 받으며 노를 저었다. 봉은 강을 바라보았다. 시선은 여전히 예전처럼 슬펐다. 그러다가 굳은 표정이 되었다. 르엉이 봉에게 언제까지 이런 일을 계속할 것이냐고 물었다. 봉이 웃으며 말했다. 언젠가 나랑 결혼할 사람이 생길 때까지. 르엉이 물었다. "얼굴이 아주 못생겨도 괜찮아?" 봉이 웃었다. "야 이 미친 놈아, 이런 몸뚱이로 더 이상 어떻게 까다롭게 굴겠어."

르엉은 그저 한없이 갑갑한 마음일 뿐, 미친 것은 아니었다. 다음 날, 르엉은 나루터의 뜨 아주머니를 찾아갔다. 자리에 앉자마자 귀를 긁고 머리를 긁적이며 아주머니에 물었다. 여기서 일하게 해주신다는 약속 기억하시죠. 아주머니가 웃었다. "기억하지, 기억하고말고. 어찌 까먹겠어? 저축한다 생각하고 내게 돈을 맡겨놓으면, 네 소원이 꼭 이루어질 거야." 하지만 아주머니는 잘 몰랐다. 르엉에게 아주 큰 포부가 있다는 것을······.

르엉은 합판 조각을 얻어다가 집에 돌아와 평상 밑에 놓아두었다. 한가할 때마다 꺼내어 자르고 다듬어서, 아주 작지만 서랍이 많은 금고를 만들었다. 이백 동, 오백 동, 천 동짜리 지폐를 나누어 넣을 수 있는 서랍들을 만들었다. 사포를 사서 반들반들 보기 좋게 문질렀다. 르엉은 그것을 아무도 볼 수 없게 숨겼다. 누가 그게 뭐냐고 물어볼까 두렵고 창피했다. 그는 아직 봉에게 그 사실을 이야기하지 않았다.

그런데 봉이 먼저 자랑스럽게 말했다. "나는 이제 이 일을 그만 두고 결혼할 거야." 노를 잡고 있던 르엉의 손이 버둥거렸다. 손에 서 자꾸만 빠져나가는 노를 더듬어 움켜쥐고는 겨우겨우 앞으로 저었다. 나루터에 거의 다다를 즈음 르엉이 물었다. 누구와 결혼하 는데? 봉이 웃었다. "아까 나를 바래다주었던 그 노친네." 르엉은 입이 얼어붙었다. 그 자리에 주저앉고 싶었지만 입으로는 황급히 웃음을 피워 물었다. "좋겠네!"

노인이 매일 봉을 바래다주었다. 동네사람들이 말했다. 봉이 부 자가 되려고 안달이 나서, 그 노친네를 오빠라고 부른데. 봉은 사 람들의 비웃음을 자신의 뾰쪽 구두로 짓밟았다. 봉은 그저 결혼식 날만을 손꼽아 기다렸다.

그런데, 노인의 아내가 새 장가를 받아들이지 않았다. 할머니는 자식들과 함께 봉의 집으로 몰려와서 봉의 긴 머리를 잡아채고는 싹둑 잘라버렸다. 옷을 찢고 장신구들을 모두 벗겨냈다. 집으로 돌 아가는 길, 할머니와 자식들이 르엉의 배에 올랐다. 르엉은 머뭇 머뭇 배를 몰면서 쾌속선이 자기 옆으로 지나가기를 기다렸다. 드 디어 쾌속선이 만든 큰 파도에 배가 아예 뒤집혔다. 할머니는 거의 죽을 뻔했다. 다행히 르엉이 버둥대는 할머니를 뭍으로 끌어올렸 다. 할머니가 르엉을 붙들고 욕을 했다. "이 싸가지 없는 놈, 이 무 식한 새끼." 르엉이 헤헤 거렸다. 어떻게 하시는 욕마다 그렇게 저

하고 정확히 딱 맞아 떨어질 수 있나요.

봉이 그 소식을 들었다. 그녀가 눈물 그렁그렁한 눈으로 말했다. "왜 그런 짓을 했어, 르엉? 남의 것은 원래 주인한테 돌려줘야 마땅하지. 다 내 잘못이야. 내가 사람을 너무 쉽게 믿었어……." 처음으로 봉이 르엉을 "미친놈", "또라이"라 부르지 않고 정확하게 이름을 불러주었다. 르엉은 온몸이 마비될 정도로 기뻤다. 봉은 두 팔을 바닥에 받치고 몸을 앞으로 기울여서 르엉의 얼굴을 바라보았다. 마치 큰누나가 막둥이를 바라보는 듯한, 바 강아지가 볏짚더미를 바라보는 듯한 눈빛이었다.

— 르엉 오빠, 날 사랑해?

르엉이 웃었다. 집으로 돌아가는 밤, 강물 길이 텅텅 비어 있었다. 그저 아주 가끔씩 모래 실은 배, 기름 실은 배가 지나갔다. 새빨간 불빛이 양초처럼 멀리서 깜박거렸다. 봉이 말했다. 날 사랑한다면 내 가까이 앉아. 물길이 멈추어 섰다. 배가 어디로 흘러간들 두려우랴. 둘은 배 한쪽에 나란히 앉았다. 배가 흔들흔들 요동쳤다. 봉이 르엉에게 손을 잡으라고 했다. 르엉은 감히 어쩌지 못했다. 둘은 약간의 거리를 두고 앉아 있었다. 르엉이 가쁜 숨을 한참 참았다가 뱉어냈다.

— 바람이 정말 시원하지?

— 르엉!

— 왜?

— 날 안아봐.

— 아이고, 사람들이 쳐다보는 걸.

— 신경 쓸 거 없어. 날 안아.

— 됐어. 너무 이상하잖아…….

봉이 갑자기 르엉을 강물로 밀어 넘어뜨렸다. 르엉이 쓰레기더미 엉켜있는 맹그로브 나무를 붙잡고 봉을 우두커니 올려다보았다. 봉이 말했다.

— 정말 웃기는군. 정말 웃겨. 너같이 끔찍하게 못생긴 놈이 감히 날 만지는 걸 꺼려한단 말이야. 나를 더럽다고 무시한단 말이야. 세상에나, 정말 웃기는군…….

르엉은 한 손으로 배를 잡고, 다른 한 손으로 얼굴을 쓸어내렸다. 속으로 여러 가지 생각이 떠올랐으나 어떤 말도 할 수 없었다. 그는 어떤 변명도 뱉을 수가 없을 만큼 어리석었다. 한참 동안 그저 어색한 미소만 지을 뿐이었다. 르엉은 수많은 다른 남자들과 같은 모습을 보이고 싶지 않았다. 봉을 장난감처럼 여기고 싶지 않았다. 봉은 봉, 여자이고, 사람이지 않은가.

그 후로, 봉은 배를 탈 때면 그날 밤 일이 아예 없었던 것처럼 무심했다. 봉은 새 남자랑 다녔다. 그놈은 머리를 5년이나 길러, 르엉은 그를 '5년'이라 불렀다. 젊은 '5년'은 향기로운 옷에, 향기로운 머리를 했다. 배기량 큰 오토바이가 뿜어내는 연기조차 향기로웠다. 네 시에 '5년'은 나루터에서 봉을 기다렸다. 놈은 눈을 올려

뜨며 르엉에게 흥을 아냐고 물었다. 르엉은 난 단지 봉을 알 뿐이라고 답했다. 그는 속으로 생각했다. 흥이든, 마이든, 꾹이든 여전히 봉은 봉이다. '5년'은 콧물까지 훌쩍거리며 웃었다. "이 노친네, 정말 멍청하군." 봉이 강을 건넜다. 할머니 몇몇이 시장에서 돌아오면서 눈꼬리가 찢어질 듯한 눈으로 봉을 째려보았다.

"무슨 딸내미가 궁둥짝을 들썩거리며 앉아 있어. 울화통 터지게 말이야."

르엉은 조용히 웃었다. 그는 봉을 데려다주었다가 데려왔다. 어이없게도 르엉은 몰랐다. 자신이 이빨이 다 드러나도록 멍청하게 웃으면 봉의 가슴이 찢어진다는 것을. 봉은 르엉이 슬픈 표정을 지어주기를 바랐다. 르엉의 눈에 질투의 빛이 이글거리기를 바랐다. 하지만 르엉은 그런 머리조차 돌아가지 않아서, 상황을 전혀 이해하지 못했다.

어느 날 오후 그는 장미꽃 같은 봉을 시장으로 건네주었다. 다음 날 아침 봉의 엄마와 동생들이 배에 올랐다. 봉의 엄마가 입을 삐죽이며 말했다.

— 봉이 사고를 당했어.

오토바이 경주를 벌이다 끔찍한 교통사고가 났다는구나. 봉이 더 이상 자기 두 다리로 걸을 수 없게 되었데.

르엉은 단지 미에우 마을 사람들이 배에서 주고받는 말을 들을 수 있을 뿐이었다. 르엉은 노를 버리고 어딘가로 갈 수 없었다. 르엉은 나루터, 물결, 미에우 마을 외에는 전혀 알지 못한다. 르엉은 봉이 돌아오기만을 기다렸다.

미에우 마을의 나루터는 주인이 바뀌었지만, 르엉은 여전히 노 젓는 일에 열심이다. 물결을 헤치고 파도를 뚫고서 간다. 봉은 나루터 요금소에 앉아 있다. 그녀는 아주 낡은 소액 지폐를 바르게 펴서, 르엉이 예전에 만들어놓았던 금고에 넣었다. 낯선 사람이 나루터를 지날 때면 요금소에 싱그러운 장미처럼 피어 있는 예쁜 봉의 얼굴과 팍팍하게 삭은 르엉의 얼굴을 비교하며 속 쓰려했다. 젓가락에 핀 곰팡이야. 향기로운 여인네가 물소 똥밭에 발을 헛디뎠네……. 미에우 마을 사람들이 이에 대꾸하며 말했다. 모르는 소리 말아요. 저 놈이 더 불쌍해요. 저 놈이 더 손해라구요. 잘못도 많은데 불구마저 된 딸내미를 저 놈이 구제한 거라구요.

어찌 세상일을 미리 알겠는가. 사랑할 기회를 미처 놓치게 될 줄이야…….

낯선 사람

호치민에 머물 때면 나는 언제나 스엉 길모퉁이에 있는 게스트 하우스로 기어들어간다. 나는 그곳의 세간을 잘 안다. 어떤 방의 에어컨 리모컨이 망가졌는지, 어떤 방의 TV 전원 스위치가 떨어져 나갔는지, 어떤 방의 선풍기가 탈탈탈 탈곡기 소리를 내는지 안다. 3으로 시작하는 방 번호가 적힌 열쇠를 받아들면, 아침에 부스스한 차림새로 복도 끝 공동세면장을 이용해야 한다. 시내에서 친구들과 놀다가 밤이 깊어지면, 도중에 나는 불안한 표정으로 자리에서 일어나야 한다. 게스트하우스가 문을 일찍 닫기 때문이다. 친구들은 그러한 '계엄' 상황에 경악한다. 호치민의 밤 11시는 아직 흥겨움이 저물지 않는 시간이다. 친구들이 묻는다. "왜 맨날 그곳에 묵는 거야?"

방으로 들어가자면 직원에게 꽤 많은 설명을 해야 한다. TV가

침묵에 잠겨있지만, 에어컨과 선풍기와 시곗바늘이 경적처럼 울려대는 때에 직원의 눈에는 졸음기가 없다. 그래서 직원에게 반드시 재미있는 이유 한 가지를 들려주어야 비로소 열쇠를 건네받을 수 있다. 스엉 길은 다양한 풍경으로 매우 아름답다. 높다란 가로수와 빌라, 빌딩과 호텔이 길가의 자그마한 노점과 조화를 이룬다. FPT 회사 여직원들이 입고 다니는 치마로 내리쬐는 해맑은 햇살이 구두닦이 소년들의 땀방울에 섞인다. 한낮의 뜨겁게 끓어오르는 소란과 소음이 다음 날 새벽의 고요한 평온함에 은은하게 취한다. 그곳이 호치민에서 내가 유일하게 잘 아는 곳이다. 배낭을 메고 게스트하우스에 들어설 때마다 여직원은 빙그레 웃으며 맞이한다. "방금 올라오셨죠? 어떤 차를 타셨기에 이렇게 일찍 오셨어요?" 여덟 시간 동안 버스에서 한참 시달리다가, 집에 들어서자마자 여동생의 인사를 받은 기분이다.

결국, 나는 '메이드 인 국영' 게스트하우스와의 그 깊고 오랜 친근함을 설명하기 위해 제3자의 미소와 언어를 갖게 되었다. 그것으로 최소한 나 자신을 설득할 수 있다. 다소 탐미적이고 이성적인 취향을 갖고 있는 내가 중요하게 생각하는 것은 서정적인 빛깔이다. 이런 내 취향에 친구들 중 몇몇은 배를 움켜잡고 웃는다. 그런데, 보라. 텃밭과 안내데스크를 오가며 땀에 흠뻑 젖은 차림으로 숙직을 하면서 투숙객을 기다리고, 빗방울로 얼룩진 대나무 천장 아래 여기저기를 오가며 빗방울을 받고 닦아내고, 5, 6층 계단을 수시로 오르는 일은 아무나 할 수 있는 일이 아니지 않은가.

나는 낯선 이들의 삶을 더 좋아한다. 외모는 그다지 예쁘지 않고, 옷차림은 단출하고, 조금은 촌스러운 이들이 더 정겹다. 때때로 내가 만난 몇몇은 세월의 주름이 얼굴에 자리 잡기 시작한 이들이다. 몇 번 들른 적이 있는 호이안[39] 인민위원회 게스트하우스 경비원 아저씨가 그랬다. 그 게스트하우스는 여성회나 문예회 기관처럼 지극히 평범한 공관의 모습을 하고 있었다. 건물 외관이 창백할 만큼 푸르스름했다. 밤이 되면 이곳에서 두 발을 편히 쉴 수 있을지 의문이 들 정도였다. 주택가는 어둠 속에 고요히 잠겨있기 때문이었다. 방을 잡은 첫날, 경비원 아저씨는 밥그릇을 손에 들고 밥을 먹으면서 천연덕스럽게 싱긋 웃고는, 꽝남 지역의 진한 사투리로 물었다. "먼 길 다니느라 고생 많았죠?" 저녁에 산책하다 돌아오면 그는 안내데스크 앞 타일 바닥에 모기장을 치고 누워 있었다. 그는 머리를 밖으로 내밀며 가볍게 웃었다. "밤이 늦었어요. 아이고, 나는 아가씨가 길을 잃은 줄 알고 걱정을 태산같이 했네." 방값을 계산할 때 그는 나를 꾸짖기도 했다. "아니, 무슨 여자가 돈을 그렇게 설렁설렁 간수해요." 나는 겸연쩍게 웃었다. 고개를 숙이고 바닥에 떨어져 있는 돈을 주웠는데 한 장이 부족했다. 낯선 사내는 마치 친오빠처럼 나를 대하며 마지막 한 장을 찾아주었다.

---

39 호이안(Hội An), 베트남 중부에 위치한 항구 도시다. 500여 년 전 국제무역항이 있던 곳으로, 그 유적이 세계문화유산으로 지정되어 있다. 베트남 유명 관광지 중 하나다.

이름 외에는 서로 아는 것이 없었다. 다음 날 아침이면 그는 숙직을 마치고 자신의 집으로 돌아갈 것이고, 나는 배낭을 메고 다시 길에 오를 것이다. 나는 생각했다. 앞으로 한평생 그와 다시 만나기 어려울 것이다. 강산이 굽이굽이 놓여 있고, 어디로 가야할지 알 수 없기 때문이다. 하지만 그런 이유가 어떤 사람이 다른 사람에게 친절을 베푸는 데 장애로 놓이지는 않는다.

때때로 나는 행운을 만났다고 생각한다. 어떤 단출한 숙소의 여직원은 손톱 손질에 온정신이 팔려 있었는데, TV 드라마에 눈을 떼지 못한 채 하염없이 눈물을 흘리고, 안내데스크에서 친구와 수다를 떨면서, 투숙객에게는 도무지 아무런 주의를 기울이지 않았다. 속상했지만 그녀는 문학 속의 훌륭한 캐릭터였다. 나는 아직까지 그런 여성을 다시 만나지 못했다. 그밖에도 내가 만난 사람들은 고개를 들어 나를 바라보며 웃을 줄 알고, 조잡하고 거친 말로 나를 우물쭈물하게 만들기도 하고, 천진난만한 아이의 마음을 되찾아주기도 했다.

그런데 정작, 그런 미소와 말을 만들어낸 주인공들은 자신이 그런 신비한 일을 만들어 낸다는 것을 전혀 모르는 듯했다. 기억은 어느 미묘한 순간에 선명하게 남는다. 닭 울음소리를 듣고 난 후의 가벼운 숨결부터, 함께 비를 피한 사내와 잠시 맞닿은 손가락의 울림까지……. 동이라는 이름의 내 친구는 방랑기가 가득하다. 그는 사바세계[40] 여기저기를 여행하기 좋아한다. 그 친구가 외국여행을 갔다가 베트남 국경검문소에 도착했을 때의 일이다. 입국 수속을 하는데 세관원 간부가 "어서 들어와, 동!" 하고 가족처럼 불렀다고 한다. 그는 그 소리에 엄청난 감동을 받았다. 동은 당시 상황에 대해 내게 설명을 해주면서 눈물까지 글썽였다.

동도 그렇고 나도 그렇고, 삶에 대한 애정이 부족한 것은 절대 아니다. 집을 멀리 떠났을 때 방황을 하는 것도 아니다. 또한 낯선 사람의 행동거지에 특별히 깜짝 놀라는 것도 아니다. 오히려 낯선 사람들의 무리 속으로 기회가 있을 때마다 섞여 들어가려고 한다. 나는 편리한 방, 번쩍이는 공간, 격식을 갖춘 인사말을 선택하지 않는다. 때때로 나 자신을 되돌아보려면 익숙함보다는 낯선 것이 더 낫기 때문이다.

나는 낯선 흔적이 완전히 소모되었을 때에만 다른 낯선 것으로 바꾼다. 삶이 점점 엄중해지고 냉철해지고 끝도 없이 흘러가기 때문이다.

---

40 불교에서 사람들이 살고 있는 세계를 일컫는 말이다. 사바는 인내라는 뜻이다. 사바세계는 인간관계, 사건사고, 자연재해, 전쟁 등 좀처럼 자기 뜻과 어긋나는 일이 비일비재한 곳이기에 인내가 필요하다.

〈아시아 문학선〉 기획위원

전승희(문학평론가·연세대학교 교수·미국 하버드대학교 한국학연구소)
김남일(소설가·아시아문화네트워크·전 실천문학사 대표)
자카리아 무함마드(팔레스타인, 시인·편집자·신화 연구)
A. J. 토마스(인도, 시인·번역가·영문학자·전 《인도문학》 편집장)
자밀 아흐메드(방글라데시, 연극연출가·평론가·다카대학교 교수)
하리 가루바(나이지리아, 문학평론가·남아프리카 케이프타운대학교 교수)

옮긴이 하재홍

경원대(현 가천대) 국문과 졸업. 호치민 인문사회과학대 베트남문학과 박사 수료. 현재 중앙대 문예창작학과 박
사과정에 재학 중이다. 서울대 교육종합연구원 객원연구원, 하노이대 한국어과 강사를 역임했다. 번역서 『그대
아직 살아있다면』, 『끝없는 벌판』, 『전쟁의 슬픔』, 『낮에도 꿈꾸는 자가 있다 : 제주꽝이 문학교류 기념시집』
(공역)이 있고, 저서 『유네스코와 함께 떠나는 다문화 속담여행』(공저), 『엄마 아빠와 함께 배우는 베트남어』(공
저)가 있다.

미에우 나루터

2017년 10월 20일 1쇄 펴냄

지은이 응웬 옥 뜨 | 옮긴이 하재홍 | 펴낸이 김재범
편집장 김형욱 | 편집 신아름 | 관리 강초민, 홍희표 | 디자인 나루기획
인쇄·제본 AP프린팅 | 종이 한솔PNS
펴낸곳 (주)아시아 | 출판등록 2006년 1월 27일 | 등록번호 제406-2006-000004호
전화 02-821-5055 | 팩스 02-821-5057 | 이메일 bookasia@hanmail.net
주소 서울시 동작구 서달로 161-1 3층(흑석동 100-16)
홈페이지 www.bookasia.org | 페이스북 www.facebook.com/asiapublishers

ISBN 979-11-5662-322-9 04800
        978-89-94006-46-8 (세트)

*값은 뒤표지에 표시되어 있습니다.

이 도서의 국립중앙도서관 출판시도서목록(CIP)은 서지정보유통지원시스템 홈페이지(http://seoji.nl.go.kr)와
국가자료공동목록시스템(http://www.nl.go.kr/kolisnet)에서 이용하실 수 있습니다.(CIP 제어번호: CIP2017021805)